El gato que no quería ser vegano

SANNE VOGEL

El gato que no quería ser vegano

Traducción de
Natalia Fernández Díaz

Grijalbo

Papel certificado por el Forest Stewardship Council®

MIXTO
Papel | Apoyando la
silvicultura responsable
FSC
www.fsc.org   FSC® C117695

Penguin
Random House
Grupo Editorial

Título original: *Meneertje*
Primera edición: febrero de 2026

© 2024, Sanne Vogel
Publicado originalmente por Ambo | Anthos uitgevers, Amsterdam
Publicado por acuerdo con Asterisc Agents en nombre de Ambo | Anthos uitgevers
© 2026, Penguin Random House Grupo Editorial, S. A. U.
Travessera de Gràcia, 47-49. 08021 Barcelona
© 2026, Natalia Fernández Díaz, por la traducción
Ilustraciones de interior: © Isa Bredt

Printed in Spain – Impreso en España

ISBN: 978-84-253-7103-5
Depósito legal: B-21.545-2025

Compuesto en La Nueva Edimac, S. L.
Impreso en Liberdúplex
Sant Llorenç d'Hortons (Barcelona)

GR 7 1 0 3 5

Para mi amigo Míster,
que hacía sonreír de oreja a oreja a la gente,
que era el rayo de sol en tantos corazones solitarios
y que me enseñó a ver lo mejor de cada uno

OTOÑO

Agucé el oído y percibí el aroma de las estaciones cambiantes. Agudicé la mirada. Por el rabillo del ojo avisté unas hojas amarillas y marrones que se movían danzando de forma sutil. Mi mirada se posó en el viejo nido vacío del alto árbol junto al centro comunitario. Era un espectáculo triste. Desnudo. Desierto. Allí se sentaba una paloma deliciosamente gorda en verano, escondida detrás de las hojas verdes y frescas. Esperé salivando durante horas a que uno de sus feos polluelos se cayera del nido y se estrellara contra el suelo. Pero, por desgracia, eran más listos de lo que parecían.

¡Presta atención! ¡No pienses en ello! ¡Mantén los ojos fijos en ese cielo despejado!

No estoy aquí sentado sin más. Estoy aquí en una misión de suma importancia. Desde hace seis días he vuelto a este lugar cada mañana con la esperanza de que el milagro se me manifieste una vez más.

Quizá hoy sea demasiado tarde. La puerta principal estaba cerrada con llave. Chef no quería levantarse esta mañana. Llegó a casa en mitad de la noche y ahora se hallaba recostada sobre la almohada, babeando. Le di unos golpecitos en la nariz con la pata y le maullé al oído, pero lo único que hizo fue apretarme contra ella gimiendo y apretujándome hasta llevarme al borde del derretimiento, como una bolsa de agua caliente contra su vientre burbujeante. Cada vez que logro liberarme de sus brazos adormecidos, huyo en busca de una salida. Chef solo me deja salir por la puerta principal cuando está en casa o cuando va a regresar en unas pocas horas; tiene miedo de perderme. Trabaja por las tardes. Hoy empieza la nueva semana para casi todo el mundo. Pero no para Chef, ya que el restaurante permanecerá cerrado los próximos dos días y Chef dispone de tiempo libre. Así son todas las semanas.

La gatera de la puerta trasera está abierta las veinticuatro horas del día, los siete días de la semana, pero solo da acceso a nuestro minúsculo jardín, que está conectado a docenas de otros jardines minúsculos. En el centro de los jardines se encuentra el anexo de la escuela de yoga. El techo plano absorbe mucho calor en los días soleados y, cuando no me anda molestando alguno de los otros diecisiete gatos que viven en el patio, me gusta tumbarme allí. A menudo miro a través de la claraboya a las personas, principalmente mujeres, a las que un gurú enseña a moverse. Cosas muy básicas. Cosas que los gatos hacemos de forma natural nada más despertarnos.

La gente se ha alejado tanto de sí misma que paga mucho dinero para recordar en grupo lo que su cuerpo necesita. Incluso olvidan movimientos que hacían de manera espontánea de bebés y, años después, los vuelven a aprender en esas colchonetas de goma en las que me gusta clavar las uñas. Aquí en la ciudad, la mayoría de la gente ve su mente y su cuerpo como dos cosas diferentes, hasta que un día se derrumban y se dan cuenta de que los dos pueden estar conectados. Chef también se tumba de vez en cuando en una de esas esterillas de yoga, pero ni por asomo se le ocurre estirarse como es debido en cuanto se levanta de la cama.

La escuela de yoga tiene una gran ventana que da a un patio cubierto de maleza. Hay un magnolio que ha crecido por encima del tejado y que sirve de escalón. Entre la hierba alta hay un montón de ladrillos viejos bajo un manto de hiedra, hogar de cientos de cochinillas. Podría pasarme horas jugando con ellas. No son muy sabrosas, pero ayudan a aliviar el aburrimiento. Si las pones boca arriba con la zarpa, se agitan con las patitas en el aire. Es un espectáculo divertido.

De vez en cuando, dejan la ventana de la escuela de yoga abierta, lo que me permite colarme. Es mejor ir justo después del gong, cuando la clase ha terminado y la puerta principal queda invitadoramente abierta. Si me escaqueo de las caricias, puedo salir con toda comodidad a la calle entre piernas suaves y brillantes. Hoy la ventana estaba cerrada. La casa medio en ruinas, donde la pintura se desprende de los marcos de las ventanas, también estaba cerrada a cal y canto. Lástima, porque el chico torpón que vive allí apenas puede resistirse a mi intensa mirada. Con ella lo he engatusado muchas veces para colarme por la puerta trasera y salir por la delantera.

Como de costumbre, las chicas de la casa de al lado me permitieron entrar. Incluso me dejaron lamer su tarrina de yogur griego.

—No se lo digas a nadie, ¿vale? —me susurró la que tenía la trenza roja.

Pero por mucho que las mirara con estudiada insistencia mientras acariciaba su puerta principal con la pata, no la abrieron. Se limitaron a darme una palmadita en la cabeza.

—No, Míster, no puedes salir por aquí, ya lo sabes. Si no, luego me meteré en líos con tu dueña.

Mi dueña… ¿Mi dueña? Supongo que se referiría a Chef, pero Chef no es mi dueña. No soy un perro. Soy mi propio dueño. Regresé a casa y dejé muy claro quién está al mando. Con la pata, empujé un vaso de agua que había en la encimera.

Cayó y, con un fuerte estruendo, estalló en mil pedazos. Pero ni siquiera el estrépito del cristal roto despertó a Chef.

No fue hasta el final de la mañana que oí una llave en la cerradura de la puerta principal. Era Bigotito. No dejé que me acariciara, sino que salí disparado como un poseso entre sus piernas hacia la calle. Hacia el centro comunitario y el pavimento de baldosas donde hacía siete mañanas me senté desprevenido a lavarme el trasero.

Estas baldosas son mis favoritas. Absorben la luz del sol y liberan el calor cuando te sientas en ellas. Es una sensación maravillosa. A Chef no le gustan, prefiere esos pequeños adoquines rojos que el ayuntamiento está utilizando para repavimentar la mitad del barrio. Pero puedo deciros una cosa: son un completo fracaso. Vale, estoy divagando.

Estoy a la espera de que el milagro vuelva a ocurrir.

Hace siete mañanas estaba aquí sentado, lamiéndome el culo, cuando de repente, de la nada, arrojaron algo justo delante de mí. Me asusté muchísimo. Por un momento me molesté porque me hubiesen sacado tan abruptamente de mi rutina de higiene, pero la sensación de irritación dio paso a una felicidad intensa y total.

Justo delante de mí había un pollito delicioso. Jugoso, con pelos amarillos suaves como el terciopelo, que apenas requería ser masticado. Muerto y bien muerto.

Para que quede claro: no soy un asesino. Vale, como algún que otro insecto, pero los animales de sangre fría no cuentan, ¿verdad? Soy pacifista. No me meto en discusiones, ni siquiera con los de mi propia especie y, desde luego, no con esas horribles y apestosas criaturas caninas. Y no cometo asesinatos. Pero esta criatura ya estaba muerta. Hubiera sido una pena no comérmela. Me la tragué de un bocado. Estalló entre mis dientes. Un delicioso jugo amarillo, parecido al umami, goteó por mi barbilla. Usé mi pata para limpiarme la barbilla y poder lamer hasta la última gota de ese sabor divino.

Solo cuando mi pata y mi hocico estuvieron completamente limpios y continuaba con ese sabor celestial en la lengua comencé a preguntarme cómo se había producido semejante milagro. Miré a mi alrededor. Ni rastro de pollo. Los pollos no vuelan. No construyen nidos en árboles altos. Así que este pollito no se había estrellado durante su primera lección de vuelo. Es más, este bocado estaba frío —frío de nevera—. Mientras me devanaba los sesos sobre ese milagro, Chef me llamó a casa.

—¡Míster ¡Místeeeerrrr! —resonó su voz aguda por la calle.

Corrí a casa tan rápido como pude. No quería que Chef se enterara de lo que había pasado. Si se daba cuenta de lo que había comido no me miraría durante un día entero. Quizá incluso durante más tiempo. Que no se me malinterprete… Es una cocinera fantástica. Si no está prestando atención, puedo lamer los platos hasta dejarlos limpios en el fregadero. Pero Chef es vegana. Y lo molesto de los veganos es que siempre intentan imponerte sus ideas. Solo me sirve croquetas veganas. Están muy ricas, así que las acepto. Pero no creo que deba interferir en lo que yo mismo me consigo. Soy un individuo autónomo.

Hace unos meses, en un sofocante día de verano, me hallaba en el patio. Me revolcaba en el cálido tejado de la escuela de yoga cuando me alcanzó un olor muy agradable. Me di la vuelta, miré muy concentrado a mi alrededor y entonces mis ojos se posaron en una enorme y brillante pechuga de pollo cruda en la cocina del apartamento de al lado. Conozco a los que viven allí: huelen a beicon y suelen tirar huesos de pollo para que yo los relama.

En esta ocasión habían puesto una pechuga de pollo fresca en la encimera especialmente para mí. ¡Qué gente tan encantadora! Salté desde la azotea hasta su balcón y entré en la cocina. Maullé de forma educada para alertar a los residentes de mi presencia, pero parecía que no había nadie en casa. Salté a la encimera de la cocina y empecé a lamer la carne fría y resbaladiza. Fue un placer absoluto. Pero no por mucho tiempo. De repente, el Lanzador de Huesos corrió hasta la cocina hecho una furia y bramando:

—Pero ¡¿qué estás haciendo?!

Vosotros los humanos sois muy poco claros… ¿Para qué abres de par en par las puertas del balcón si no quieres que tus amigos peludos del vecindario vengan a comer contigo? Sobresaltado, hundí los dientes en el trozo de pollo y escapé lo más rápido que pude con el enorme manjar en la boca hasta nuestro pequeño jardín. Escuché al Lanzador de Huesos maldecir mientras yo intentaba que la pechuga entrara por la gatera. No fue fácil. *But I did it!** Saborearía esa ambrosía en el pasillo junto a la gatera con absoluta tranquilidad.

Acababa de hincar mis incisivos en la carne cuando Chef apareció por el pasillo con su apestoso cubo de compost. Dejó caer el cubo al suelo y empezó a chillar como una histérica. Me apartó del pollo. Balbuceó algo, presa del pánico, sobre la salmonela y el horror del pollo de granja intensiva. Pero en lugar de freír o cocinar el pollo para mí, metió las manos en una bolsa de plástico, recogió mi comida con cara de asco y la

* En inglés en el original. *(N. de la T.).*

hundió en la bolsa. La seguí, también yo preso del pánico, hasta la puerta principal. Cruzó la calle y arrojó la bolsa de pollo en una especie de cueva subterránea sin fin. Me miró enfadada, yo le devolví la mirada con un enfado exponencial. Esto era puro desperdicio alimentario.

Si algo desaparece en esa cueva subterránea nunca vuelve. Lo sé. He visto desaparecer allí muchos tesoros valiosos: bolsas grises que apestan a pescado, latas que aún se podrían lamer para limpiarlas, cortezas de queso. Vosotros los humanos sois unos derrochadores. Antiguamente, antes de que existieran las cuevas subterráneas, todos los jueves era fiesta en la ciudad. Se sacaban cientos de bolsas a la calle hasta que un monstruo gigante con ruedas venía a aplastarlas. Los jueves siempre salía temprano a la calle para llegar antes que el monstruo. Solía usar mis uñas para rasgar el plástico gris y llenarme la barriga con todo lo que la gente había despreciado. Pero esos días se acabaron.

Chef cerró la tapa giratoria del cubo de basura subterráneo, se acercó a mí, me cogió como a un bebé y dijo:

—¡No puedes volver a hacer esto, Míster! No puedo soportar tanto sufrimiento animal en mi casa.

¿Sufrimiento animal? Un gato que se come un pollo que ha capturado lo llama sufrimiento animal. Me besó en la frente y sentía que me ablandaba. A pesar de su insufrible trastorno obsesivo-compulsivo vegano, Chef es mi mejor amiga.

Miro al cielo. Llevo mucho tiempo sentado en la baldosa y no hay ni un pollito a la vista. Quizá fue un milagro único y tendré que conformarme con el recuerdo el resto de mi vida. Pienso en ese jugo con sabor a umami que corre por mi barbilla. Mi deseo es irreductible. La idea de no degustar nunca más ese sabor hace que se me encoja un poco el corazón.

Veo las nubes volverse negras. Oigo truenos en la distancia. Va a llover. Siento la primera gota filtrarse en mi pelaje. Un escalofrío recorre todo mi cuerpo. Corro a casa. Lucy sale por la puerta de ese bar de nachos que abre hasta tarde. Quiere lanzarse tras de mí, pero su correa está atascada en el marco de la puerta. Sé exactamente la amplitud del arco que debo trazar para esquivarla y evitar que su lengua empapada me babee la cabeza ladeada. Esa boba desea ser mi amiga, pero apesta a una hora de distancia. Nada es tan fétido como el olor a perro mojado.

Salto al alféizar exterior de una ventana de nuestra casa, ignorando los lamentos de Lucy. Las cortinas están echadas. Miro a través de una rendija. Mien está sentada al otro lado del cristal, en el alféizar interior de la ventana, con el cálido calefactor bajo su trasero. Empieza a maullar fuerte porque me echa de menos. Siempre me echa de menos. A veces es agotador gozar de una popularidad tan desmesurada. Golpeo el cristal con la pata. Las gotas de lluvia caen cada vez con más fuerza, pero Chef y Bigotito no oyen mis golpes. Qué mierda de día. Seguro que están de nuevo dándole al tema.

He sido testigo de muchas sesiones de esas mientras los vigilaba de cerca desde el armario del dormitorio. Es un espectáculo ridículo, ellos tumbados allí, ligeramente superpuestos, sacudiéndose como si fueran gelatina. Sus resplandecientes traseros desnudos y blancos a la vista. Puedo entender por qué suelen cubrírselos con ropa; deslumbran más que el sol. Y ni hablemos de los ruidos que hacen. Gritan de dolor. Es increíble que sigan haciéndose eso a sí mismos y mutuamente.

Las frías gotas de lluvia resbalan por mi piel, a través de mi pelambre. Lo odio. Odio la lluvia. Salgo corriendo calle abajo. ¿Adónde puedo ir? ¿Quién estará con toda seguridad en casa?

¿A quién puedo acudir para secarme y calentarme el cuerpo empapado ahora que mi compañera de piso está demasiado ocupada con asuntos completamente absurdos? Al Acróbata, por supuesto. Iré donde el Acróbata. Quizá pueda freírme un huevo. Prepara unos huevos divinos, la yema blanda y cubierta de una capa de queso derretido, los bordes de la clara crujientes y dorados.

¡Bingo! Veo su carrito aparcado delante de su casa. Eso significa que está dentro, no puede ir a ningún sitio sin su carrito. Me escondo en el porche e intento lamerme las gotas. Araño la madera de su puerta. Oigo voces discutiendo al otro lado. Proceden de su ordenador plano. El Acróbata mira mucho su ordenador plano, siempre el mismo programa: gente que se deja filmar día y noche en un terreno baldío. Discuten sin parar. No hay gatos viviendo allí. Les vendría bien un gato a los del programa ese.

Maúllo. Maúllo otra vez. Maúllo tan fuerte como puedo mientras rasco la puerta principal. Le oigo arrastrar los pies.

—¿Eres tú, Míster?

Maúllo de nuevo. La puerta se abre un poco. Aparece su cabeza redonda con sus dulces y brillantes ojos oscuros.

—Hola, amigo, ¿te ha pillado la lluvia?

Me deja entrar y saca una toalla limpia del armario. Me seca el pelaje hasta que huelo a ropa limpia y luego me sube a su cama. Vuelve a poner su programa y se acuesta a mi lado. Su casa es pequeña. No tiene sofá. Su cama es su sofá. Sus dedos dibujan círculos en mi cabeza. Se le da muy bien. Me hace cosquillas en la garganta. Miro las fotos de su pared. Fotos de su pasado. Lleva pantalones ajustados y brillantes, como las mujeres en yoga, y está colgado de cuerdas en el aire.

—Tenían un perrito, un cachorro. Pero ese de ahí le dio una patada —dice el Acróbata mientras señala la pantalla de su ordenador. Presiona con el dedo la cabeza de un hombre que mira avergonzado hacia sus pies, como si supiera que la gente al otro lado de la pantalla lo está criticando.

—El perro ya no sale en el programa, pero, en mi opinión, a ese torturador de animales lo deberían expulsar.

Tose. Sus pulmones no están bien, lo que significa que sus piernas ya no pueden llevarlo muy lejos. Creo que tiene el mismo problema que Mien. Mien también tiene dificultades para respirar y no sale de casa. A veces se tumba para tomar el sol en el jardín de nuestro patio, pero no va más allá. Se tumba mucho, como el Acróbata. No dispone de un carrito como el de él. Apaga el ordenador plano.

—Yo tampoco debería estar viendo esta basura. No aporta nada. —Quiere guardar su portátil, pero luego cambia de opinión—. ¡Ah, sí! Míster, amigo mío, tengo algo que enseñarte. Me lo ha enviado un antiguo colega mío.

Abre el cacharro, desliza los dedos por las teclas y gira la pantalla hacia mí. Veo imágenes borrosas de un joven con un traje brillante de pie sobre una enorme bola. La bola se desliza hacia delante poco a poco bajo sus pies. Balancea sus brazos en el aire, hay música, hay aplausos. No le encuentro el sentido. Debe de ser otro de esos temas típicamente humanos.

—Ese soy yo, Míster. En mis tiempos. Cuando estaba en el circo. ¿Ves lo guapo que era?

Sus ojos brillan. Me recuesto contra sus piernas, esas piernas que una vez fueron tan admiradas.

El olor a huevos fritos en mantequilla me despierta de un sueño profundo. Levanto la vista. El Acróbata está en su pequeña cocina. Empieza a oscurecer. He dormido la mitad del día en su maravillosa cama. Chef estará preocupada. Pero aún no me voy a casa. Primero me comeré uno de esos huevos divinos.

El Acróbata me necesita. Soy bueno para su salud mental.

Una vez tuvo un gato propio, uno callejero que se había mudado con él desde el patio interior. Pero tuvo que sacrificarlo con una inyección hace unos años.

—Estaba completamente acabado.

Ahora ese gato cuelga como una obra de arte tipo mosaico sobre la puerta de la cocina. Coloca un platillo con un huevo en el suelo:

—*Un oeuf au plat pour monsieur**.

Muerdo, engullo, relamo, disfruto y me voy a casa. Gracias, Acróbata.

La luz está encendida. Las cortinas están abiertas. Oigo música y risas estruendosas. Salto al alféizar de la ventana y miro dentro. Hay una fiesta en nuestra casa. Una cena. La mesa está atestada de comida. Me encantan las fiestas; cuanta más gente, más manos para acariciarme, más cuerpos calientes en los que acurrucarme. En cambio, Mien las detesta. Se queda debajo de la cama, tranquila y en silencio.

Bigotito me ve sentado en el alféizar de la ventana. Sostiene un vaso de esos que llevan pata, lleno de un jugo rojo oscuro. Son los vasos que siempre se sacan del armario cuando hay fiestas. Resultan muy incómodos. Si los rozas, se caen y enseguida se les rompe la pata. Tengo que contenerme para no hacer eso, porque es algo por lo que no te felicitan, lo sé por experiencia. Bigotito me abre la puerta principal.

—Hola, Míster, ¿has tenido un buen día?

Chef sale de detrás de los fogones y me levanta. Me da un beso en la coronilla y me aprieta contra su cuerpo.

—¿Dónde te has metido? Te he estado buscando por todas partes. Debes de tener hambre.

* En francés en el original. *(N. de la T.)*.

Me pone en el suelo y saca una bolsa de croquetas veganas del armario. Todavía me queda hueco para tragar algo de eso. Me como el cuenco entero. Siento manos por todo el cuerpo, todos están contentos de verme. Me doy la vuelta y me pongo boca arriba. Todos los amigos de Chef me quieren. A Chef no le gusta estar sola. Por eso me acogió. Tenía seis años cuando me fui a vivir con ella.

Chef cree que nuestra primera reunión tuvo lugar en el Barco de los Gatos, un refugio para gatos en una casa flotante en el corazón de Ámsterdam. Pero nos habíamos conocido mucho antes. Estoy bastante seguro de ello. Cuando era un gatito, una pareja joven me acogió en un pequeño apartamento en un ático. Eran jóvenes y salían mucho, como yo. Me hicieron una gatera y una escalera —un palo largo con pequeños listones de madera que servían de peldaños—. Lo bajaron en diagonal a su jardín desde nuestro balcón, tras haberlo consultado con el vecino de abajo. De esa manera, siempre podía entrar en los jardines interiores. Cierto que el vecino de abajo me había concedido derecho de paso, pero se opuso en redondo a dejarme hacer caca donde tenía su planta de cannabis. También se oponía a tenerme en su casa. Me lo dejó claro silbando a través de sus arrugados labios y rociándome con un pulverizador de plantas. Me lo pasé muy bien en los patios interiores y en las casas vecinas durante el primer año de mi vida. Allí tenía muchos amigos, pero como tengo la cabeza ladeada, ya no recuerdo sus caras.

Sí recuerdo la primera vez que encontré una salida a aquellos jardines cerrados. Era un día de un calor abrasador. Habían dejado abierta una puerta azul oscuro que solía estar cerrada a cal y canto. Caminé por un pasillo mohoso abarrotado de cajas de cartón. Entré en un local donde la gente exhalaba nubes de hierbas malolientes. Estaban tirados en bancos y todos querían acariciarme, algo que normalmente no me supone un problema, pero el humo apestoso me producía picor en los ojos. Caminé hasta una puerta de cristal abierta al otro lado de la habitación. Había todo un mundo detrás de esa puerta. Un mundo que a menudo había visto desde arriba, desde el alféizar de la ventana. Un mundo en el que grandes latas sobre ruedas zumbaban por la calle a toda velocidad y armando mucho ruido.

Salí y me revolqué panza arriba por las cálidas y arenosas baldosas del pavimento. Era maravilloso estar allí. Podía oír música a lo lejos y percibí un aroma a comida. Me guie por mi olfato hasta una carretera ancha por la que pasaban un sinfín de latas con ruedas. Al otro lado de la carretera había un parque con árboles enormes. Estaba lleno de grandes y coloridas tiendas de campaña, rodeadas de caravanas con ruedas y cerradas por una valla por debajo de la cual podía pasar sin dificultad. Sobre algunas de las tiendas flotaban blancas columnas de humo. La comida se cocinaba al fuego. También olí el aroma de las freidoras. Detrás de esas vallas probablemente tenían mayonesa.

Mientras fantaseaba con meter la cabeza en un cubo gigantesco de mayonesa y remover con la lengua la sustancia grasosa y ácida, las latas con ruedas de la carretera se detuvieron de repente. Era ahora o nunca. Corrí lo más rápido que pude, zigzagueando entre los neumáticos de goma, hacia el otro lado. El asfalto caliente ardía bajo mis patas. Con un golpetazo aterricé en la verde cuneta. Lamí de inmediato el calor de mis delicadas almohadillas. Detrás de mí, las ruedas empezaron a girar de nuevo. Me deslicé bajo la valla. Las risas de la gente, una voz a través de un micrófono, música de altavoces, el chisporroteo de la carne en una parrilla, muchos sonidos. Muchos olores. En medio del parque había una torre giratoria grande y multicolor. De ella colgaban algo parecido a unas bandejas con personas encima que movían distraídamente sus piernecitas y que giraban para divertirse. ¡Qué animales tan extraordinarios son los humanos, con sus extraños deseos! No pasó mucho tiempo antes de que un grupo de niños me rodeara, me dedicaran muchos «uuuh» y «aaah», me acariciaran y me mimaran. Un oasis de amor. Me puse panza arriba sobre el césped pisoteado. Al menos ocho manos de niños pequeños empezaron a pasarme la mano por la barriga a contrapelo. Una sensación muy desagradable. Enseguida me puse sobre mis patas y me largué a toda velocidad, pasando entre decenas de pantorrillas desnudas y chanclas, entre dos grandes tiendas de campaña.

Y allí estaba ella, en una nube de humo a través de la cual el sol luchaba por abrirse paso. Era Chef.

Ensartaba gambas en una brocheta, las marinaba con un pincel en aceite de ajo y luego las asaba en una plancha de una cocina al aire libre. Aún no se había radicalizado. Porque si una gamba caía al suelo, la limpiaba en los pantalones cortos y se la metía en la boca. Quizá estuviera demasiado caliente y le quemara el paladar, pero se resistía a escupir al bichito. Dejaba que la criatura marina frita bailara en su lengua mientras jadeaba como para recuperar el aliento. Una especie de resoplido interno…

Tardó un momento en verme. Pero cuando sus ojos se deslizaron sobre mí, soltó un gritito de entusiasmo.

—Hola, guapo, ¿quién eres?

Las comisuras de su boca se le subieron hasta las orejas. Cerró los ojos con fuerza y los volvió a abrir, y se hundió de rodillas. Estiró el brazo y me dejó oler sus dedos. Olían de maravilla. Quería lamerlos, pero antes de que pudiera hacerlo, ella empezó a masajearme las mejillas y el cuello con los dedos. Sabía exactamente cómo hacerlo. Llevaba un anillo de oro con una piedra de coral. Esa piedra lisa y ovalada masajeaba mis cachetes como si hubiera sido diseñada especialmente para ese propósito.

Me quedé con ella hasta que oscureció y mi barriga estuvo llena de gambas. Cuando nos despedimos, me dijo:

—Adiós, guapetón, ha sido un verdadero placer.

Me levantó como si nos conociéramos de toda la vida y me besó en la cabeza antes de volver a dejarme en el suelo. Quizá sí nos conociésemos de una vida anterior.

—Es feo, ¿verdad? —dice un amigo de Bigotito, que tampoco es un guaperas que digamos, y en cuyo regazo me he acurrucado durante el postre.

—Tú sí que eres feo —dice Bigotito, con lo que los otros amigos se ríen.

—Míster es la criatura más hermosa que conozco —dice Chef mientras me acaricia la cabeza con el brazo extendido—. Está un poco torcido, pero eso es lo que lo hace especial.

Dejo que mi cuerpo caiga contra el pecho del feo. Conquistaré su corazón como he conquistado cientos de corazones antes, a pesar de mi cabeza torcida. Puedes insultarme todo lo que quieras, pero no me afecta. Sé que soy irresistible.

Chef me mira, me acaricia debajo de la barbilla, me guiña un ojo, como si quisiera asegurarse de que no estoy molesto por el insulto.

—Es un milagro que esté vivo.

Aunque los amigos de Chef y de Bigotito no se fueron hasta altas horas de la madrugada, hoy Chef se levantó temprano y me dejaron salir después del desayuno. Corrí hacia mi baldosa mágica tan rápido como pude. La calle está atestada. La gente se apresura para llegar a tiempo al trabajo. Los niños del otro lado de la calle me acarician la cabeza. Tienen la edad adecuada para ello. Saben en qué dirección deben acariciarme.

—¡Coged las bicis! ¡Si no, llegaréis tarde al colegio! —oigo gritar a su madre.

Pero no pueden dejar de acariciarme. Les cuesta. Cuando tocan mi suave pelaje, quedan encantados. La gente a menudo se engancha a mí. Acariciarme genera una producción desmesurada de endorfinas. Su madre vuelve a llamarlos.

—¡Míster seguro que seguirá ahí después de la escuela!

Corren hacia sus bicicletas refunfuñando.

Llevo aquí sentado una hora, pero ningún pollito ha caído del cielo todavía. Veo a Chef salir por la puerta principal. Me llama por mi nombre. No hago ni caso, no quiero que me encierre. Viene hacia mí. Rápidamente me escondo debajo de un coche.

—Míster.

La veo ponerse de rodillas. Con la cara enrojecida mira debajo del coche. Sus brazos nunca son lo suficientemente largos como para atraparme. Ella lo sabe. También sabe que yo lo sé. Sonríe.

—Vale, pesado. —Así es como me llama cuando hago cosas con las que no está de acuerdo—. Tengo que ir al restaurante un rato a probar una receta nueva.

«Oh, genial, ¿me traerás un poco?».

—Volveré en una o dos horas. No te alejes mucho y no entres donde haya gente que no te deje salir.

Se pone en pie de un salto. Observo cómo cruza la calle hacia el aparcamiento de bicicletas y cómo saca de allí su bici con cuentas de colores en los radios. Solo cuando se sube a la bicicleta salgo de debajo del coche. No podía correr el riesgo de que ella me alcanzara y me encerrara en casa. Debo desentrañar el misterio. Vuelvo a mi baldosa. Una rata gorda y mojada corre entre los arbustos. Tengo que controlarme. Me encantaría perseguirla y asustarla, pero he de quedarme quieto. Una chica con el pelo liso, negro azabache, se acerca sigilosa a mí. Me apunta con el teléfono. «Dios, otra turista que quiere aprovecharse de ti para conseguir *likes* en una cuenta de redes sociales». No tengo ni idea de lo que significa exactamente, pero Chef siempre levanta la ceja izquierda y dice eso cuando surge una situación como esta. Dice que deberíamos cobrar dinero por ello. Preferiría algo de comer. Latas de atún o un bote de mayonesa por cada foto que me hagan con el móvil.

Me pongo panza arriba y la chica empieza a reírse. Sí, eso les chifla. Me doy la vuelta y cruzo la calle. Mi pelaje blanco con manchas naranjas se tiñe de marrón por la arena. La chica extiende con cuidado la mano hacia mi nariz. Acaríciame, cobardica; tendré cara de chiste, pero no muerdo. Al final se atreve a tocarme. Graba cómo su mano se desliza por mi barriga. Está radiante, pero noto sus nervios. Está claro que no se ha criado entre gatos. Bueno, se acabó el espectáculo. Debo volver a mi misión. Me levanto y me siento sobre la baldosa en cuestión. Miro a mi alrededor. La chica ha retirado la mano, por miedo a un zarpazo. Pero yo nunca he hecho daño ni lo haré. Al menos no recuerdo habérselo hecho a un ser humano. Pero a veces es bueno que piensen que soy capaz de hacerlo, para que me dejen en paz cuando no tengo tiempo. Ella se aleja rumbo al mercado.

Respiro hondo el olor a hojas en fermentación. El olor del otoño. A lo lejos oigo voces infantiles. Al final de la calle, una fila de niños pequeños vestidos con chaquetas verdes sale de la guardería. Como corderitos mansos, siguen a la maestra sujetándose a una larga cuerda. Se dirigen a la granja escuela. Todas las semanas van allí a ver al cerdo.

He estado en ese sitio una vez. Es el hogar de cabras, ovejas, un cerdo, conejos muy grandes, demasiado grandes para caber en una sartén normal, pollos y un gato rojo muy territorial. Se cree el protector de ese puñado de niños apestosos. Solo fui a echar un vistazo, pero la granja era demasiado pequeña. Su cola se volvió tan gruesa como un plumero, el pelo de su lomo se erizó, gruñó, chilló y corrió hacia mí mostrando unas uñas afiladas. Antes de que pudiera darme la vuelta me había arañado la nariz hasta hacerme sangrar. Corrí como si mi vida dependiera de ello. Me persiguió hasta nuestra calle. Fue la única vez en toda mi existencia en que me alegré de ver a Lucy, la del bar de nachos. Me arrastré entre sus torpes patas. Lucy empezó a ladrar y el alborotador pelirrojo se esfumó. Pasé días lamiéndome el olor a perro de mi pelaje. Nunca volveré a poner un pie en ese zoológico de mascotas.

Durante las siguientes semanas, Lucy pensó que éramos amigos. Me había salvado, ¿verdad? Intentó entrar en casa, quería olerme el trasero, lamerme la cabeza y me preguntó si me apetecía jugar con su apestosa y babeada pelota de tenis. Le dejé claro que era una interacción puntual. Que no era nada personal, pero que no podía tolerar su olor corporal. En venganza, defecó varias veces en nuestro felpudo, para disgusto de Chef. Los dueños de Lucy nos compraron, avergonzados, un felpudo nuevo, y ahora a Lucy ya no se le permite salir sin correa. Pobre animal. No era esa mi intención.

La fila de los niños se detiene.

—Mirad, niños, esto es un… —La maestra de la guardería mantiene la boca cerrada con la esperanza de que alguno de los niños pueda decir cómo me llamo.

—¡Miau! —dice un niño.

—Minino —dice una niña.

—¡Sí, eso es! ¡Un minino! ¡Y un minino dice miau!

«¡No soy un minino! ¡Soy un gato macho! Al menos… era un gato macho».

—Tiene seis años —oí decir a mi entonces anfitrión. Estaba sentado en una cesta sobre un mostrador—. Es muy dulce y me resulta terriblemente difícil. Pero ya no puedo permitírmelo. —Su voz temblaba mientras se echaba con nerviosismo un mechón de pelo detrás de la oreja.

Una mujer con un desmañado moño gris en la cabeza salió de detrás del mostrador y miró a través de las barras de mi cesta.

—Bueno, la gente no suele pensar en eso cuando adopta un gato —se quedó en un doloroso silencio—: que los animales cuestan dinero.

Mi anfitrión tragó saliva con incomodidad. Knot me dejó oler sus dedos a través de los barrotes, olían a croquetas, de una marca que no reconocí. Le di un beso a los dedos deliciosamente perfumados.

—Qué monada.

Mi anfitrión asintió.

—Tuvo un accidente hace tres meses, con un coche.

Un coche, así es como llamaban a esas cosas con ruedas, coches. No recordaba mucho, no recordaba casi nada. Fragmentos. Cosas sobre comida, gracias a Dios. Pero el nombre de mi anfitrión se había mezclado en mi cabeza desde entonces. Jelte, Jesper, Jens… algo con J. Mi ojo derecho ya no puede cerrarse, ni siquiera cuando duermo. J le dijo una vez a un amigo que pensaba que era una visión desagradable. La membrana interna blanca y translúcida se pliega sobre mi ojo. No es lo ideal, pero habrá que conformarse.

—La operación costó cuatro mil euros, todos mis ahorros, y pedí prestado algo más a mis padres. Tuvo que llevar vendajes y férula durante dos meses.

Fue horrible. No podía soportar mirarme bajo el arnés blanco que me envolvía la pata. Me picaba muchísimo.

También me vendaron la cabeza durante semanas. Tenía un aspecto ridículo. Evitaba el gran espejo del pasillo porque mi reflejo me daba vergüenza. Los días parecían eternos. Estaba sumido en un terrible aburrimiento.

—Cuando se recuperó y salió por primera vez, se dirigió directamente a la carretera tan transitada donde había tenido el accidente. Qué idiota.

¿Idiota? ¿Idiota? Cuando un jinete se cae de su caballo debe volver a montar lo antes posible. Eso todo el mundo lo sabe, ¿no? Quería ir al parque con los árboles gigantes, donde la gente estaba de pícnics sentada en sus mantitas. Olía a barbacoa. El olor de la piel churruscadita del pollo se aproximó danzando hacia mí. Pero antes de que pudiera cruzar la calle, J me atrapó. Me llevó de vuelta a casa y cerró la gatera. Tuve que quedarme dentro.

—Lleva unos días sin hacer pis en la caja de arena. Pensé que era como venganza porque no lo dejaban salir.

Había perdido el control.

—Pero desde ayer ha estado goteando por toda la casa, gotitas rosas.

Tenía un dolor ardiente terrible entre las patas traseras.

—Lo llevé de inmediato al veterinario, dice que son cálculos en la vejiga en una etapa avanzada. La única solución es la amputación del pene.

¿Quééé? ¿Lo decía en serio?

—La operación costará mil trescientos euros. No los tengo. —Su labio empezó a temblar—. Encima, mi novia y yo hemos roto, así que ahora tengo que pagar el alquiler yo solo. Todos mis ahorros los he gastado en la primera operación. El veterinario dijo que había que operarlo o… —hubo un largo silencio; oí el tictac del reloj detrás del mostrador— tendría que sacrificarlo.

El corazón me latía con fuerza en la garganta, eché las orejas hacia atrás. Estaba lejos de dar por terminada mi vida. Solo tenía seis años. Todavía me quedaban muchos sabores por probar y mucho por ver. Dicen que se tienen siete vidas, ¿no? Ya había perdido una cuando era un gatito e intenté atrapar una mariposa y me caí del balcón. Y una, bueno, tal vez dos, cuando aquel coche me atropelló. Pero seguro que me debían quedar al menos cinco más. Empecé a maullar con mi voz más patética. Debía hacerles entender que no estaba preparado. Prefería tener una vida sin pene que morir con uno. Ya me habían quitado los testículos y el deseo sexual hacía años. La mujer abrió mi cesta. Dejé que me levantara, estiré el cuello, acaricié su barbilla con la cabeza y empecé a ronronear lo más fuerte que pude. Mi garganta vibraba con más garra que nunca. Llené su corazón con mi amor. No tuvo más remedio que luchar por mi vida.

—Este peludito es demasiado bueno como para dejarlo ir. Que haya sobrevivido a un accidente así es un milagro.

—Sí, eso es un milagro… Y es tan dulce… Es un bombón —balbuceó J con voz quebrada.

Knot me miró profundamente y me dio una cabezadita amorosa, como solo los gatos saben hacer. Quizá Knot era un gato en un cuerpo humano.

—Voy a poner en marcha una recaudación de fondos en nuestra página de Facebook. Así tendremos el dinero para esa operación en poco tiempo y luego buscaré un buen hogar para él.

—Gracias. Por favor, busca un hogar con jardín.

Los labios de J empezaron a temblar, parecía que iba a romperse. Hizo todo lo posible por evitar que el agua salada escapara de sus ojos. En vano. Era como si todo el dolor de los últimos meses hubiera salido de su corazón. Knot lo agarró por el hombro. Incómoda, intentó consolar a ese desconocido. Estaba claro que se le daba mejor abrazar gatos que personas, pero lo hizo de todos modos.

—Has hecho un buen trabajo. Le diste todo lo que podías darle y ahora le estás ofreciendo una nueva vida en un lugar que se adapte mejor a su carácter aventurero. Has hecho un buen trabajo.

J asintió con los labios fruncidos.

—Lo siento, no quería llorar.

J no lloraba solo por mí. Lloraba por el amor que había fracasado, por las preocupaciones económicas que le había causado, por el sueño perdido del hogar y la familia que había imaginado para sí mismo con mi antigua anfitriona. En su mente me había visto tumbado en el sofá junto a un hijo, fruto de su amor, bajo el sol de la mañana que podía brillar tan mágicamente a través de la ventana panorámica. Poco después de mi accidente, ella había hecho las maletas y se había ido. Se había enamorado de otra persona, un dueño de perros. Sus dedos habían olido a perro durante semanas. No podía entender por qué J no había percibido antes su adulterio. La gente tiene un sentido del olfato pésimo. J estaba completamente destrozado. No pudo comer durante días. Yo estuve en la cama junto a él durante semanas tratando de reparar su corazón roto. No lo conseguí. Mi amor era apenas un poquito de pegamento. En cuanto arrastraba mi cuerpo vendado fuera de la cama para conseguir algo de comer, su corazón volvía a romperse. Solo el tiempo podía curarlo.

—¿Puedo despedirme de él?

Me arrancó de Knot y me apretó con fuerza entre sus brazos. Me apretó manteniéndome lo más cerca de él que pudo.

Sentí el agua salada de sus ojos goteando por mi pelaje. Sentí como si me hubieran perforado el corazón. J… ¿Por qué ya no retenía su nombre en mi cabeza? Lo quería. Tenía unos pies adorables y calientes y se quedaba quieto cuando dormía. Todos los sábados me traía un pescado del mercado. Y los miércoles por la noche me dejaba lamer la mayonesa que le quedaba de las patatas fritas. ¿Se había acabado? ¿Era el final de nuestra amistad?

La mujer me metió en una jaula diminuta.

—En cuanto lo hayan operado y se recupere, podrá correr libremente —tranquilizó a J.

J me hizo un gesto con la mano cuando abrió la puerta exterior. Cerré los ojos con fuerza delante de él, pero cuando los abrí ya se había ido. No hablaba la lengua de los gatos.

Unos días después me desperté sin dolor. Y sin pene. Quería echar un vistazo con detenimiento a todo lo de ahí abajo. Pero tenía una enorme campana de plástico alrededor de la cabeza que me impedía examinarme y mucho menos lavarme. Esa cosa empujaba mi cuenco cuando intentaba comer. Me mimaron bastante y las chicas del Barco de los Gatos me dejaron comer croquetas de sus manos. Me ayudaron con mi higiene, pero una toallita húmeda no es para mí. Brrrr… No huelo a mí. Dos semanas de incomodidad. Cuando me liberaron de esa pantalla, me sentí tan aliviado que me tomé la falta de genitales con calma.

Oigo su bicicleta, el sonido de las cuentas de plástico de colores deslizándose por los radios de metal. Miro al cielo. Ni polluelos ni pollos a la vista. Dejo la baldosa mágica y corro hacia nuestra calle. Veo a Chef cruzando la calle en bicicleta. ¡Ay! De repente, algo duro me golpea en la cabeza. ¿Es esto…? ¿Es…? Me doy la vuelta rápidamente. ¡Sí! ¡Sí! ¡Sí! ¡Santo cielo! ¡Un pollito! ¡Un pollito helado! Miro al cielo, pero no veo nada. Chef aparca la bicicleta. ¡Rápido! ¡Rápido! ¡Rápido! Presa del pánico, cojo el pollito entre mis fauces. Está demasiado duro y demasiado frío para tragármelo de un solo bocado.

—¡Místeeer! —Su voz resuena entre las casas.

Viene hacia mí. No puedo huir. Eso sería lo mismo que admitir mi culpabilidad.

Esconderlo. Tengo que esconderlo.

Escondo al pollito detrás de un gran gnomo de barro en el jardín delantero del Peluquero con Sombrero.

—Hola guapo, ¿qué tienes ahí? —Chef está de repente justo delante de mí.

Intento distraerla restregándome contra sus piernas. Pero Chef no está convencida. Se agacha, coge el gnomo y suelta un grito.

—¡No! ¡Míster! ¿Qué has hecho? —Deja el gnomo en su sitio y no se atreve a tocar al pollito—. ¡Pobrecito! —Las lágrimas le caen de los ojos y su voz ha cambiado. Me levanta—. Estúpido asesino. ¡Es solo un bebé! —Se dirige a casa.

Lucho en sus brazos, pero me tiene bien sujeto. Me relajo e intento escurrirme como una anguila resbaladiza entre sus dedos, pero Chef conoce mis trucos. Me balanceo bajo un brazo mientras ella busca la llave en el bolsillo de su abrigo con la otra mano. Su codo parece un cascanueces. Imposible escapar. Miro al gnomo que está al otro lado de la calle y rezo a los cielos mágicos para que ninguna otra criatura de cuatro patas encuentre mi tesoro amarillo. O peor aún, una de esas aterradoras garzas de patas largas o una gaviota impresentable.

Chef mete la llave en la cerradura, me instala en el interior, cierra de inmediato la puerta y echa el cerrojo. Deja la llave puesta.

Cerrado a cal y canto.

Bigotito llama a la ventana. No puede abrir la puerta. Chef me levanta del alféizar. Me sujeta bien para que no pueda escapar a la calle entre sus piernas y abre la puerta principal con la llave aún puesta en la cerradura. Esta casa no tiene pasillo, qué espacio desperdiciado, piensa Chef. Desde luego para mí es ideal. Si una persona desprevenida abre la puerta principal desde el exterior, salgo disparado. Si me pongo a ello, soy más rápido que la velocidad de la luz.

—Ten cuidado con la puerta los próximos días. Está bajo arresto domiciliario —dice mientras mete rápidamente a Bigotito dentro.

«Arresto domiciliario. Pfff. No soy una criaturita, ni un adolescente que necesita que le des algo de dinero para gastos. Soy un gato adulto». ¿Quién se cree que es? Una vegana sabelotodo con zapatos de plástico reciclado. Bigotito la besa en la boca y a mí en la cabeza.

—¿Qué has hecho, amigo mío?

¡Nada! No he hecho nada en absoluto. ¡Había vuelto a ocurrir un milagro, pero Doña Bienhechora tenía que desquitarse conmigo!

Bigotito colgó el abrigo en el perchero. Se quitó los zapatos y los colocó con cuidado uno al lado del otro en el felpudo. Chef sacó un cuenco de la nevera.

—Pasaba en bici y me di cuenta de que tenía algo en la boca. Cuando me acerqué a él, vi que escondía algo detrás de ese feo gnomo de jardín junto a la Peluquería del Sombrero. Ya te puedes imaginar qué era.

Calienta el contenido del cuenco en una sartén en el fogón.

Bigotito se sienta a la mesa de la cocina.

—¿Un ratón?

Chef niega con la cabeza.

—¡No, un pollito!

Bigotito me mira sorprendido.

—¿Cómo que… un pollito? —Chef asiente con una mueca—. ¿Estaba vivo?

—Muerto y bien tieso.

—Pero ¿cómo coño ha conseguido un pollito? —Bigotito piensa por un momento—. ¡De la granja escuela, por supuesto!

—Ninguna gallina normal pone huevos en otoño.

Bigotito la mira sorprendido.

—Pero entonces, ¿cómo es que podemos comprar huevos en otoño?

Chef se gira y clava los ojos en él. Es una mirada que aparece a menudo en su rostro cuando intenta convertir a sus semejantes a su ideología profundamente arraigada.

—En la industria se engaña a las gallinas con luz artificial para que crean que es primavera todo el año y que pongan huevos todo el tiempo.

Bigotito se encoge de hombros y asiente.

—Qué listos.

Ay, no… No debería haber dicho eso.

—¿Listos? ¿Listos? Eso es como tener la regla todo el año. Horrible. No, no es de listos, es de bárbaros.

Chef pone un plato de comida delante de Bigotito.

—Sopa de salsifí con aceite de romero y maitake frito.

El rostro angustiado de Bigotito se ilumina.

—¿Mai qué?

—Maitake, seta de roble. Es una prueba para el nuevo menú, así que sé crítico.

Trepo a la silla contigua a la de Bigotito. El vapor deliciosamente perfumado de la sopa me llega al corazón. Bigotito le da un bocado. Chef observa impaciente. Deja escapar un gemidito.

—¿Un diez? ¡No! ¡Un veinte!

Ella lo mira con severidad.

—Por supuesto, ese maitake frito ya está frío, pero debería servirse bien caliente y crujiente, de la sartén al plato.

Se termina el plato entero en cuestión de segundos. Su boca parece pequeña, pero debe de haber una caverna interminable en el fondo de su garganta. No conozco a nadie que pueda comer tan rápido como él.

Cuando el plato está vacío lo desliza hacia mí, me guiña un ojo y se dirige al fregadero. Distrae a Chef con las manos en su cuerpo, con su boca en la de ella. Me inclino sobre el plato y lamo las deliciosas, tibias y cremosas sobras del plato. Gracias, amigo. Bigotito y yo tenemos nuestros propios secretillos. Por ejemplo, a veces come a escondidas caballa o arenque en el mercado cuando Chef está trabajando. Es generoso. Siempre me trae algo que puedo zamparme en la esquina de la calle. Cuando llega a casa, se lava bien las manos con jabón y se cepilla los dientes. Ella nunca se ha atrevido a decirle… que no debería comer animales. Ha dicho que no puede soportar tener animales muertos en su casa, en su nevera, en su «espacio seguro». Su casa. Sus reglas. Él puede hacer lo que quiera fuera de casa. Pero sabe muy bien que ella lo encuentra un poco menos atractivo cuando tiene restos de sufrimiento animal entre los dientes. Él le rodea la cintura con los brazos mientras ella lava con agua todos los sabrosos restos de la sartén.

—Hablando de poner huevos. Lo he pensado y estoy listo.

Ella se da la vuelta, sorprendida, con los ojos brillantes.

—¿De verdad?

Él asiente. Sus labios se curvan. La besa.

Miro el plato. No queda sopa. He lamido hasta el último resto de comida.

«Aquí tienes, Chef. No tienes que fregar más».

La casa está oscura. Chef está trabajando. Bigotito se ha ido a su propia casa. Han estado tumbados toda la tarde. No tenía adónde ir. Me alegré cuando por fin se fueron de casa. Pero ahora estoy aburridísimo. Me siento en el alféizar de la ventana y miro fijamente el exterior. La calle está llena de gente. Docenas de personas cuyas vidas podría alegrar un poco con mi presencia. Todas esas manos que se balancean junto a sus larguiruchos cuerpos podrían haber rozado mi pelaje mientras me ponía panza arriba a sus pies.

Pero Chef sigue sin dejarme salir. La puerta principal está cerrada con llave. Y por mucho que golpee con fuerza la cabeza contra la gatera de la puerta trasera, no se abre. Hay una caja de arena al lado. Me meto en la caja de plástico. Es pequeña y está llena de agujeros. No soporto la caja de arena. Me recuerda a aquel invierno penoso en el Barco de los Gatos. El olor a cloro y a rancio de la gata Suus.

Era un día helado y oscuro. Hacía tanto frío que se estaban formando carámbanos en las ventanas del viejo barco. Estaba harto. Estaba cansado y tenía frío. El calentador eléctrico no podía competir con esas temperaturas. Desesperado, me acosté junto a Suus, que se había quedado hacía días con la cesta más caliente, de piel de oveja.

Suus era un fósil, una criaturita desaliñada con un pelaje grasiento y descuidado. La muerte se cernía sobre ella como una neblina, como si el tiempo se la estuviera comiendo por dentro. También tenía dieciocho años y hasta hacía poco había estado viviendo en la casa de un anciano que había fallecido unos meses antes. Ninguno de sus hijos quiso quedarse a Suus. «Mis hijos son todos alérgicos», dijo el hijo del difunto señor, y la abandonó en el Barco de los Gatos. Se podían oler sus mentiras desde el otro lado del bote. El sudor de la mentira apesta. Knot sabía que no encontrarían un hogar para Suus. No había nadie tan loco como para ofrecerle a este pequeño montón de despojos un hogar. Lo único que podían hacer por ella era sumergirla en un baño de amor y, cuando ya no pudiera soportarlo más, concederle una muerte digna.

Todos los voluntarios del Barco de los Gatos le prestaron a Suus una atención especial. Se hicieron turnos para cobijarla en sus respectivos regazos. Mientras Suus yacía en esos cálidos regazos no dejaba de maullar la misma historia. Su amigo humano había caído muerto un día. El anciano había permanecido tendido en el suelo durante dos días antes de que lo encontraran. Ella, por tanto, estuvo sin comer dos días también.

A veces se oyen historias de gatos que empiezan a comerse a sus dueños en situaciones similares. Pero no había que preocuparse por eso con Suus, porque no le quedaba ni un solo diente en la boca. Por eso le daban comida húmeda todos los días, mezclada con agua tibia.

Lamí su pelaje pestilente y me acurruqué junto a ella. Empezó a ronronear de un modo ensordecedor. Mi cuerpo se calentó al contacto con el suyo y el suyo con el mío.

Estaba profundamente dormido cuando de repente sentí una mano en mi cabeza. Con los ojos cerrados levanté la nariz del pelaje mohoso de Suus. Apoyé la cabeza contra la mano. Sentí que mi laringe empezaba a vibrar.

—Aaah, está ronroneando… —oí decir a una voz.

La mano que pertenecía a la voz me acarició bajo mi barbilla. Una piedra ovalada y lisa masajeó mis mandíbulas, como si hubiera sido creada especialmente para ese propósito. Conocía esa piedra, conocía ese anillo, reconocí esa voz. Abrí los ojos. Conocía a esta mujer de rizos salvajes. No había reconocido su olor de inmediato porque esta vez no olía a gambas. Olía a mandarinas. Salté de la cesta. Suus maulló irritada diciendo que no debía irme, que tenía frío. Me restregué contra las pantorrillas de Chef. Dejó de estar en cuclillas para ponerse en pie.

—Föhn, mi gato, murió hace unos meses… —le dijo a Knot con voz quebrada— y ahora Mien, mi otra gata, está muy sola. Nunca fueron muy amigos. Ella era la más débil. Pero puedo decir que todavía lo echa de menos a él, o a alguien. Estoy buscando un gato. Estoy pensando en un gato macho que sea amable con los demás gatos.

«¡Sí! ¡Hola! ¡Entonces me necesitas! ¿Me acabas de ver lamiendo a esa vagabunda vieja y maloliente?».

—Este es Jema… —Ah, sí, ese era mi nombre antes de convertirme en Míster—. Es un gato muy dulce, le gustan todos los demás gatos.

Así es… ¿Así es? Tal vez un poco exagerado. Lo siento por ellos. Por esos pobres desgraciados del barquito, cada uno a tortas con su trauma. Y también por los de mi especie, que se pasan todo el día peleando por el territorio. No participaré en esa tontería. Paz. Paz y queso.

Chef me acarició la cabeza.

—¿Qué le ha pasado? Está todo torcido.

Knot le contó a Chef mi accidente, mis cálculos en la vejiga y la amputación de mi virilidad.

Chef se sentó en el suelo y me puso en su regazo.

—Pobrecito.

Me besó la cabeza torcida, sin saber que ya me la había besado antes. Después de explicarle detalladamente su situación de vida a Knot, se fijó una fecha para que ella me recogiera.

Está oscuro en la calle. Me he encogido todo lo posible. Estoy listo para salir pitando. Oigo la llave en la cerradura. Echo el culo hacia atrás para poder lanzarme a toda velocidad. La puerta se abre y antes de que ella pueda siquiera atravesar el pie, paso volando por delante de sus piernas y escapo por la puerta.

—¡Nooo, Míster! ¡Caca!

¡Aleluya! ¡Lo conseguí! La superé en astucia. ¡Míster, *the king**!

Corro más allá del bar. La terraza está llena de gente. El olor de la salsa de queso goteante me sacude. Por un momento reduzco la velocidad. Pero sé que ahora tengo que ser rápido. Lucy empieza a ladrar con entusiasmo.

«¿Te dejan salir otra vez?».

Corre conmigo un rato, pero su dueño la llama. No se le permite ladrar en la terraza. Oigo a Chef corriendo detrás de mí.

—¡Míster!

---

* En inglés en el original. *(N. de la T.)*.

Soy más rápido. Por el rabillo del ojo veo al gnomo de jardín del Peluquero con Sombrero. Quiero ir hacia él, pero mantengo mis instintos bajo control: Chef está demasiado cerca.

Cruzo a toda velocidad la calle y me arrastro debajo de un autobús largo. Siento la grasa negra que se pega en mi espalda. Nunca podrá atraparme aquí. Veo sus pies aproximándose. Sus rodillas se hunden en el suelo. Su cabeza aparece por debajo del autobús. Me tiende la mano. Pero su brazo no es lo bastante largo. Me mira.

—Míster, mañana puedes volver a salir de verdad. Pero ahora no. Necesito dormir.

«¡Pues vete a dormir! Estaré bien, ya lo sabes». Se levanta y se aleja. Puedo ver la gorra puntiaguda del gnomo al otro lado de la carretera. Rezo para que mi pollito siga bajo su tutela. A través de las ruedas del autobús, diviso a Chef abriendo la puerta de nuestra casa. Entra, pero no la cierra. ¡Mantente alerta, Míster!

Menos de un segundo después sale con una gran bolsa de croquetas. ¡Ja, ja, ja! ¿En serio? Pfff. ¿De verdad cree que soy estúpido? Ese truco puede que funcionara la primera vez, vale…, la segunda, la tercera y probablemente la cuarta también. Pero no voy a dejarme tentar por esos trozos veganos suyos cuando hay un pollito delicioso y jugoso esperando a solo cuatro metros.

Cuando se rinda y vuelva a casa, correré hacia el otro lado. Primero devoraré al pollito y luego me meteré entre los clientes en el banco del bar. Los tentaré hasta que compartan conmigo su salsa de queso chorreante. Lameré la carne picada picante hasta que la lengua me empiece a arder.

Chef agita la bolsa y se acerca a mí. Toda la terraza observa mientras me llama por mi nombre:

—¡Míster! ¡Mííísteeer!

Se arrodilla y me entrega un puñado de trozos. Huelo algo delicioso. Pienso en cómo crujirán esas rodajas entre mis dientes. Siento que la baba empieza a correrme por la boca. ¡No dejes que te nuble la razón, Míster! ¡No te dejes engañar!

Miro un bocado que ha aterrizado justo delante de mi nariz. Está tan alejado de su cuerpo que su brazo extendido no llegará a capturarme. Seguro que un bocado no hace daño. Abro la boca y oigo el aperitivito crujir entre mis dientes.

—Sí, come, cariño. No voy a atraparte. Solo quiero que no salgas con el estómago vacío.

Me como otro bocado. Ella me observa en completo silencio. Cierra los ojos con fuerza. Yo cierro los ojos con fuerza. Me lanza más trozos. Es tan amable... Me como otro pedazo y otro y otro. ¡No! De repente, de la nada, siento su mano alrededor de mi cuerpo. Me empuja hacia ella a través de las baldosas de la calle. Intento resistirme, pero no tengo ningún punto de agarre. ¡Maldita sea! He caído en la trampa otra vez. ¡Acabo de caer en la trampa de nuevo! ¿Cómo he podido dejar que suceda? ¿Por qué es tan astuta? ¡Esa bruja vegana! Me tiene en un puño. Siento cómo la vergüenza se apodera de mí mientras me lleva como a un bebé por la terraza abarrotada.

—*Good job!** —la felicita el dueño de Lucy cuando pasamos junto a él. Me da una palmadita en la cabeza—. *It's cat bedtime***, Míster.

Chef empuja la puerta principal, entra y solo cuando la puerta está cerrada me deja en el suelo.

—Estás lleno de grasa, Míster.

Y enfadado. Muy enfadado. Me siento humillado. He hecho un ridículo espantoso delante de una terraza abarrotada.

---

* En inglés en el original. *(N. de la T.).*
** En inglés en el original. *(N. de la T.).*

Siento que mi cola se mueve de un lado a otro. Siento la tensión recorriendo mi cuerpo. ¡Qué condescendencia tan detestable! Me dirijo encorajinado a la gatera. Sigue cerrada. Me tumbo majestuosamente en medio de la habitación. Chef se acerca a mí con un paño húmedo. Me sujeta con fuerza. Huelo a lavanda. No me gusta la lavanda. Me frota el aroma húmedo por la espalda.

—Oye, no se va.

«¡No! ¡Obviamente! Déjalo en paz, idiota».

Chef se rinde y me suelta.

Mien se sienta a mi lado y me lame la cabeza.

«Puaj, hueles a jabón».

«Lo sé».

Deja de lamerme.

«¿Por qué tienes que salir justo ahora? ¿No lo estamos pasando bien juntos?».

Mien está muy contenta con mi arresto domiciliario. Lleva días siguiéndome a todos lados. Me da claustrofobia. Este amor obsesivo no existía desde el principio. Al contrario, de hecho. Al principio no quería saber nada de mí.

Chef abrió mi cesta en un cuarto de baño con azulejos amarillos. Se sentó en el suelo con la espalda apoyada en la pared de la ducha. Salí de la cesta y salté a su regazo. Empujé mi cabeza contra su cuello. Sus ojos brillaron. Me dio docenas de besos en la cabeza.

—Es como si ya te conociera. —Sostuvo mi cabeza ladeada entre sus manos y me miró detenidamente—. Míster, a partir de ahora te llamaré Míster, ¿vale? Te queda mejor que Jema.

Entrecerré los ojos. Me gustó la idea. A pesar de mi nuevo

estado físico, ese nuevo nombre resumía bastante bien quién era yo. La mujer se levantó. Quise seguirla, pero cerró la puerta enseguida.

—Hoy debes quedarte aquí, querido Míster. Para que Mien y tú podáis con tranquilidad acostumbraros el uno al otro.

Esperaba que me asara unas gambas, pero me introdujo un cuenco de croquetas. Me comí el cuenco entero y me subí al lavabo. Me puse de pie sobre las patas traseras para asomarme por el ventanuco del baño que daba al pequeño jardín. En un jardín cercano había un árbol con periquitos de color verde brillante. Este era mi nuevo hogar. A partir de ahora yo le pertenecía. Escuché que alguien rascaba la puerta. Salté del alféizar de la ventana. Olí a gato. Maullé:

«¿Hola…?».

Oí un gruñido profundo.

«¡Piérdete! ¡Esta es mi casa!», siseó la dama enfadada del otro lado de la puerta.

Oí pasos apresurados.

—Oh, querida Mien, tienes un nuevo amigo en la bañera. Se llama Míster, es un encanto.

Maullé.

«Sí, soy un encanto, Mien; no te molestaré».

A Mien no le gustó. Por su gruñido, me di cuenta de que el pelo de su lomo debía de estar de punta.

«No quiero ser tu amiga, liebrecilla asquerosa».

Al día siguiente Chef me dejó salir del baño un momento. Cuando abrió la puerta me encontré cara a cara con Mien, una pequeña gata roja con una cola no más larga que el dedo corazón de un humano. Tenía las mejillas redondas y blancas, y la boca torcida hacia arriba en las comisuras. Parecía mona, pero sus ojos ardían mientras me miraba fijamente. Su pequeña cola estaba enroscada, como si le estuviera creciendo un erizo sobre el trasero. Corrió hacia el dormitorio, bufando y renegando. Pasaron meses antes de que volviera a salir. Chef tuvo que dormir en su habitación con una caja de arena. La oí decirle una y otra vez a Mien que yo era un amor y que, no obstante, ella siempre sería la preferida. Que debía ser agradable para poder, finalmente, tener otro amigo. Levantó con cuidado a la gata y la llevó a la sala de estar, pero el cuerpo de Mien se contrajo cuando me vio. Una noche, Chef llamó a su madre con el labio fruncido.

—Es tan dulce, no ha atacado ni una sola vez, pero ya han pasado dos meses y ella sigue sin aceptarlo. Me temo que tendré que llevarlo de vuelta al Barco de los Gatos…

Se me partió el corazón, Chef empezó a llorar. Nos quedamos dormidos en el sofá, abrazados.

Al día siguiente, cuando Chef estaba en el trabajo, me senté junto a la puerta del dormitorio.

«No sé cuáles son tus miedos. No sé exactamente qué piensas que perderás con mi llegada, pero puedo prometerte que te daré mucho más a cambio. Te lameré la cabeza y el trasero, jamás te robaré la comida y compartiré la mía contigo, te mantendré caliente en invierno. Nunca te bufaré, nunca te arañaré ni te golpearé. Tú eres la jefa en esta casa. Te protegeré de cualquier gato o perro hediondo que quiera entrar aquí y me encargaré de tu higiene cuando seas demasiado mayor para hacerlo tú misma. Déjame ser tu amigo».

Se abrió un largo silencio al otro lado de la puerta. Luego ella siseó:

«Asqueroso».

Unos días después, Chef estaba cocinando. Me froté contra sus piernas. De repente oí un pequeño maullido. Chef y yo levantamos la vista. La puerta del dormitorio estaba entreabierta y, a través de esa rendija, Mien entró en la sala de estar. Directamente hacia mí. No sabía muy bien qué hacer. Tenía el pelo liso, la cola no aparecía bofada, cerró los ojos y los volvió a abrir. Cerré los ojos y los volví a abrir. Me dio un toque con la cabeza. Yo le di otro.

Chef cayó de rodillas.

—¡Oh, mis niños! ¡Oh, mis niños! —fue lo único que acertó a decir. Sus ojos brillaban de felicidad.

Desde ese día, todo ha ido bien. Mien y yo somos amigos desde entonces. Bueno, en realidad no puedo llamarlo amistad. Ella me adora y yo la acepto como es.

Por fin me dejan salir. Chef cumple su palabra. Acaba de despertarse, pero me abre la puerta principal inmediatamente. Me cuelo entre sus piernas y salgo a la calle. Corro a toda velocidad hasta el jardín delantero del Peluquero con Sombrero, hacia el gnomo. Pero el pollito se ha ido. Utilizo mi pata para cavar un poco la tierra, ¿es posible que se esconda?

Miro detrás de la maceta azul, detrás del hipopótamo de goma. El jardín delantero del Peluquero con Sombrero está lleno de estatuas. Regularmente se añaden otras nuevas. Algunas son de piedra, otras de plástico. Patos, burros, un caballo sin cola, grandes conchas y piedras de una tierra lejana. Pero donde quiera que mire no hay ningún pollito a la vista. Quizá se lo haya comido una de esas malditas gaviotas.

«Miauuu…». Oigo detrás de mí. Lo huelo enseguida, es Luisito. Se cree muy guapo. La gente también cree que es guapo, siempre lo mencionan cuando le dan palmaditas en su cara petulante. Chef lo llama «su majestad». Es un pelota insufrible, siempre está colándose entre sus piernas, aunque sabe muy bien que ella me pertenece a mí.

«Encontré un bocado sabrosísimo detrás de ese gnomo hace dos días…».

Me giro furioso.

«¡Esa pieza era mía!».

Luisito se lame una pata.

«¿Qué quieres decir con que era tuya? Estaba ahí tirada, no tenía nombre».

Tiene razón en eso, pero su cabeza simétrica me irrita. ¿También caen pollitos del cielo para Luisito? ¿O ese milagro solo se me concede a mí? Lo miro directamente a sus ojos verdes. No dice nada. Yo tampoco digo nada. Me alejo.

«¿Cómo lo conseguiste?».

Me detengo un momento y, sin darme la vuelta, digo: «No es asunto tuyo».

Luisito me alcanza con un elegante salto. Es muy joven, atlético y alegre. Vamos, absolutamente irritante.

«¿Lo robaste de la granja escuela?».

Enfadado, giro la cabeza.

«¡No! ¡No soy un asesino!».

Sigo hacia mi baldosa de la felicidad, pero Luisito continúa detrás de mí.

«Ese repugnante pelirrojo se ha adueñado de todo, ¿verdad? ¿Ves este enorme tajo en mi oreja? Me lo hizo ese matón».

Miro el minúsculo corte en su oreja. Qué tipo más vanidoso.

«Lo siento por ti. Voy a seguir adelante, todavía tengo mucho que hacer hoy».

Continúo caminando, pero Luisito no me deja en paz. No quiero que el milagro ocurra con él a mi lado. Es mi secreto. Tengo que planear algo: pensar, ser inteligente.

«Al final de tu calle, en esa casa destartalada que huele a incienso de hierbas, vive esa mujer de pelo morado y ojeras azules. Estaba visitándola y entonces me dio… un pollito. Tiene un gallinero en el jardín».

Es una artimaña malvada, porque una vez que entras ahí, no sales en todo el día. Me pasó en una ocasión. Esa mujer se tumba en un colchón el día entero, roncando por delante y por detrás. Resulta bastante acogedor durante una hora, pero se inyecta algo en el brazo y se olvida de que estás ahí. Mira fijamente al techo como una demente. Sin mimos, sin caricias, sin nada que comer, ni siquiera tiene una caja de arena. Por necesidad, me oriné en la toalla que estaba junto al cesto de la ropa sucia. De todos modos, ya apestaba antes. Tardó horas en levantarse. Cuando vio que me había meado, empezó a gritarme. Como si pudiera evitarlo; si tienes ganas, tienes ganas. Ya era de noche cuando por fin me pude marchar.

Ese día, Chef se sintió muy aliviada cuando llegué a casa. Me cogió en brazos y me besó en la cabeza. Dijo: «Apestas a marihuana. ¿Has estado en el nido de los yonkis?».

«¡Oh, sí! ¡Pelo Violeta! Sé a qué casa te refieres», maúlla Luisito lleno de gozo mientras salta graciosamente desde la calle para encaminarse al agujero de los drogatas.

No me molestará por un tiempo. Me voy a sentar en mi baldosa de la suerte. Está mojada. Hoy no ha salido el sol. Me conformo con lo que tengo. Contemplo el cielo y aguzo el oído. Fijo la mirada en un perrito que corre de un lado a otro en un parque infantil. Debería llevar correa. Los perros no deberían andar sueltos por un parque. Son muy poco fiables. Antes de que te des cuenta, le arrancan la oreja a un niño de un mordisco. ¡No te despistes! ¡Presta atención!

—Hola, Míster.

Es el Acróbata sobre sus ruedas. Me doy la vuelta y él me mira desde su carrito. Se da golpecitos en la pierna.

—Tutututut, vamos, amiguito, vamos.

Suspiro. No tengo tiempo, pero hay que ser amigo de alguien que prepara unos huevos tan deliciosos. Me coloco entre sus pies y salto a su regazo. Me da un abrazo. Uno agradable y firme. No uno flojito. Empiezo a ronronear.

—¿Cómo estás, Míster? Lo pasamos muy bien la semana pasada.

Hace una pausa, esperando que le responda. Le doy una leve cabezadita amorosa en la barbilla.

Mira las hojas marrones que caen de los árboles como confeti.

—El otoño ya ha empezado de verdad, ¿eh? No me gusta el frío húmedo. Pero el médico dice que tengo que salir. Los que no salen pierden las ganas de vivir.

Me froto la cabeza contra su barbilla unas cuantas veces más y después salto de su regazo y vuelvo a mi baldosa.

—¿Te vas, amigo? ¿Volverás pronto a comerte un huevo?

Oigo cómo su carrito se aleja a toda velocidad. Mientras me acomodo en mi baldosa me concentro en mi asunto. La primera vez, el pollito aterrizó justo aquí… Pero la segunda vez, veinte baldosas más allá, frente al jardín de la fachada del Peluquero con Sombrero…

¿Qué es lo más sensato?

¿Sentarme aquí?

¿O sentarme allí?

Camino hacia el gnomo de jardín y me siento. Pero mientras estoy sentado empiezo a inquietarme, porque tal vez el milagro suceda en la siguiente baldosa y me lo pierda. Camino de vuelta. Pero tampoco allá me siento bien.

Camino de un lado a otro.

De un lado a otro.

De un lado a otro.

De un lado a otro.

De un lado a otro.

De un lado a otro.

De un lado a otro.

De un lado a otro.

De un lado a otro.

De un lado a otro, de un lado a otro, de un lado a otro, de un lado a otro, de un lado a otro.

Qué tormento, qué increíble tormento.

Un jovencito corre junto a mí. Todavía es un niño, pero no tardará en convertirse en un muchacho. Puedo olerlo. Los niños humanos de esa edad están impregnados de un olor acre a sudor. A veces intentan enmascararlo con un espray que guardan en su mochila. Una vez vi a un grupo de chicos pasando el rato en el parque. Sacaron los botes de sus mochilas, corrieron unos detrás de otros y se rociaron. El olor químico que sale de esos botes es insoportable, hace que me pique la nariz y se me revuelva el estómago. Asqueroso. Otra cosa incomprensible de los humanos.

Este chico ni siquiera ha intentado enmascarar su pestazo corporal. Se ha sentado en el banco. El Maloliente se mira los dedos, que le tiemblan en el regazo. Le cuesta respirar. Es evidente que no se encuentra bien, pero intenta reprimir sus emociones. Quizá por eso huele aún peor. La tristeza debe de estar saliendo de su cuerpo de alguna manera. Me acerco a él y me siento en el banco de baldosas. Su mirada se aleja de sus propios dedos. Lo escruto. Está claro que no es un niño afecto a los gatos. Mira a su alrededor para ver si he venido a por otra persona. Pero no hay nadie más. Estoy aquí especialmente para él. Cierro los ojos para tranquilizarlo. Una pequeña sonrisa aparece en su rostro. Camino hacia él. Me doy cuenta de que tiene un poco de miedo. Debo abordar esto con precaución. Me siento junto a sus pies, dándole la espalda. Espero. Un enjambre de hojas marrones se arremolina por el pavimento. Espero. Siento su duda. Huelo su miedo. Pero entonces noto su mano acariciando suave y brevemente mi cabeza. Me quedo quieto y lo vuelve a hacer. Esta vez un poco más de tiempo. Le husmeo la mano y me deslizo entre sus piernas. Percibo que se relaja.

—Eres un encanto —susurra en voz baja.

Salto al banco que está a su lado. Me acaricia. Aún no se le da muy bien.

—Nunca había tocado a un gato —dice con voz suave y frágil.

«Vaya, no me había dado ni cuenta…, qué va, no es verdad».

—Mi padre es alérgico… Era alérgico.

Su labio inferior comienza a temblar. El agua salada sale de sus ojos. El dolor contra el que luchaba con tanta fuerza fluye por sus mejillas. Oigo un coche que entra en la calle. Deja de acariciarme de golpe; el pelaje de mi cabeza se eriza porque acabó yendo a contrapelo. Todavía tiene mucho que aprender.

—Vienen a buscar a mi padre. Tengo que irme.

Se levanta. Sin mirar atrás, camina hacia un coche negro largo y brillante que se ha detenido al final de la calle. Dos hombres con trajes elegantes salen del coche.

Como un adulto, el pequeño hediondo extiende la mano. Los hombres estrechan la mano y le dan unas amistosas palmaditas en el hombro.

—¡Míster! —resuena la voz de Bigotito por la calle.

Su cabeza asoma por la ventanilla de un coche que pasa. Me saluda con la mano. El coche se detiene frente a mi casa y las luces traseras empiezan a parpadear. Chef y Bigotito abandonan el vehículo. Juntos llevan un viejo cofre al interior. Me pregunto qué habrá dentro. Corro a casa. Desde la puerta veo a Chef y a Bigotito colocando con cuidado la caja en la habitación. Jadean. Es algo pesado. Me acerco a la caja y la huelo. Huele a Bigotito. Salto encima. ¿Qué habrá dentro?

—Hola, Míster.

Bigotito me levanta, me abraza y me vuelve a dejar en el suelo. Abre la caja. Me yergo y apoyo las patas delanteras contra la madera para poder echar un vistazo en condiciones al interior. Está vacía, completamente vacía, excepto por una gruesa capa de polvo. Bigotito utiliza al monstruo con trompa y succiona el polvo de la caja. Siempre que está en esta casa es ordenado hasta el extremo. Cada vez que se queda aquí hace la cama por la mañana y coloca uno al lado del otro los zapatos que ella ha arrojado descuidadamente. Él lava los platos y recoge la ropa. Es increíble el amor que siente por mi casa.

El verano pasado querían irse de vacaciones juntos, pero andaban un poco justos de dinero. Así que ella alquiló mi casa durante cuatro días a unos turistas que pagaron mucho dinero por ella. Todos nos instalamos en casa de Bigotito. Aunque no llamaría a eso una casa de verdad, sino básicamente una habitación en un antiguo edificio de oficinas en gran parte en proceso de demolición. Su habitación estaba cubierta de carteles de papel de gente cantando. Sus muebles eran una mezcolanza de objetos desechados que había encontrado en la basura. Olía a docenas de aromas humanos mezclados. El gran cofre y los dos candelabros de porcelana azul oscuro eran reliquias de sus abuelos. No había ningún monstruo con trompa; por todas partes una gruesa capa de polvo lo cubría todo. Por lo que, al entrar allí, la respiración de Mien se entrecortó. Sentía como si le succionaran el estómago. Se atragantaba con cada respiración. Vi el pánico en sus ojos. El polvo estaba atacando sus vulnerables pulmones. Chef la volvió a meter rápidamente en su cesta.

—¡Mierda! ¡Necesita un antihistamínico ya mismo!

Ay, Dios. Mien necesitaba una inyección del veterinario. Chef ordenó a Bigotito que pidiera prestada una aspiradora a los vecinos. Desde el alféizar polvoriento de la ventana la vi salir corriendo con Mien en su cesta. Vi cómo Bigotito llamaba al timbre de varios vecinos. Solo en la tercera casa alguien abrió la puerta. El hombre negó con la cabeza. Bigotito juntó las manos frente a su cuerpo, como había visto hacer a la gente de la escuela de yoga al final de su clase. Namasté. Lo vi gesticulando. Una sonrisa apareció en el rostro adusto del vecino.

Es prácticamente imposible decirle que no a Bigotito. En ese sentido, somos bastante parecidos. Compartimos un don. Si queremos algo, lo conseguimos. Yo uso mis ojos hipnotizantes; él, sus palabras irrefutables y su voz encantadora.

Dos minutos después regresó a la habitación con un monstruo con trompa. Me dijeron que esperara en la cocina. Encontré costras de queso debajo del horno y lamí el paté seco de los cuchillos del fregadero. Conocí a su compañero de piso, que entró con una caja congelada que desprendía un olor delicioso.

—¡Hay un gato en nuestra cocina!

Bigotito le explicó que yo era Míster y que iba a quedarme unos días.

—¿Le gustan a Míster las salchichas de carne picada?

«Me gusta todo, amigo». Mientras echaba largas barras de carne en una sartén de grasa burbujeante, sacó un tarro de mayonesa de la nevera. El cielo era eso.

La caja está libre de polvo. Bigotito vuelve a guardar el monstruo en el armario. Chef entra con una caja llena de libros. Ya han traído bolsas de ropa, así como un televisor enorme. Bigotito abre una caja y saca los candelabros con un suspiro de alivio.

—Siguen de una pieza.

Todo huele a Bigotito. El maletero está vacío. Chef aparca el coche un poco más abajo en la calle. Observo cómo mete sin esfuerzo el coche entre otros dos a la primera. Como supervisor oficial de este barrio estoy en condiciones de afirmar que eso es puro talento. He visto a mucha gente maldecir, jurar y perjurar mientras volvían a meter de culo el coche en uno de estos huecos. Poner esa caja con ruedas así enfiladita no es tan sencillo; he visto muchos de esos culos chocando contra muchos de esos morros. Situación en la que, normalmente, el conductor sale del coche con la cara roja, mira primero a su alrededor para ver si alguien lo ha visto y, solo entonces, comprueba si hay arañazos o abolladuras. Si nadie lo vio, la persona vuelve rápido al coche y lo aparca más allá. Si hay testigos, dejan el coche donde está y escriben una nota que ponen debajo del limpiaparabrisas.

Chef sale del coche con una sensación de satisfacción absoluta. Sabe que Bigotito debe de haber admirado su habilidad para aparcar. Él la atrae hacia sí en el umbral. La besa largo y tendido.

—Bienvenido a tu nuevo hogar —dice ella una vez liberados sus labios.

Así que a partir de ahora vive con nosotros. Doy unas cabezaditas contra sus pantorrillas. Fue amigo mío desde el primer momento.

Sucedió hace dos veranos. Hacía un día abrasador. Seguí mi olfato. El olor a huevos fritos me había atraído a la casa del Acróbata por primera vez. Su puerta principal estaba entreabierta. Mi cuerpo obedecía a mi olfato. De pronto me encontré en su cocina. Había perdido medio collar y Chef no se había tomado la molestia de comprarme uno nuevo. El Acróbata esperaba que yo fuera un gato abandonado y que pudiera quedarme con él. Como si su amigo fallecido hubiera aparecido de repente.

Había cerrado la puerta principal. Ya había dormido con él dos noches. Podía salir por las ventanas de atrás. Estaban abiertas de par en par día y noche. Pero, al igual que en mi casa, daban a un jardín interior cerrado. Hacía mis necesidades bajo la planta del vecino, que nunca estaba en casa. Una planta cuyas flores atraen mariposas.

—Estar solo es muy solitario —dijo—. Pero contigo nada lo es.

Me acarició la cabeza. Me sentí visible. Era importante para él. Chef estaba a menudo fuera de casa durante ese tiempo; después del trabajo salía hasta altas horas de la noche. A veces no volvía a casa hasta la mañana siguiente; a veces se llevaba a algunos chicos a casa. Intentaba ahuyentar su soledad bailando, bebiendo, colocándose con chicos a los que al día siguiente echaría de su vida lo más rápido posible. Mi amor no era suficiente; ella quería un ser humano.

Pero no podía seguir el ritmo de la mayoría de la gente por mucho tiempo o no la aguantaban. Probablemente por su maldito activismo.

Yo lo era todo para el Acróbata. Había aprendido a contentarse con lo que la vida le tenía reservado, aunque hubiera preferido seguir colgado del trapecio. Sus pulmones enfermos lo habían confinado en su casa y en su silla de ruedas, pero ni una pizca de amargura se había apoderado de él. Cantaba mientras fregaba los platos. Sonreía cuando se despertaba. Aprovechaba al máximo su corta vida porque sabía que no podía dar nada por sentado. Me dio atún de una lata. El primer día había decidido mudarme con él. En ese momento se merecía mi amistad mucho más que Chef.

Pero después de dos días había visto todos los rincones y agujeros de aquel patio y ya no tenía ganas de seguir viendo programas aburridos en su ordenador plano, en la cama con él. Sentía inquietud en las patas, tenía que salir. No quería admitirlo, pero echaba de menos a Chef. La había echado de menos durante semanas. Echaba de menos todo lo que yo era para ella. Incluso echaba de menos a Mien. Echaba de menos cómo me lamía el trasero. Había empujado regularmente mi trasero hacia la cara del Acróbata, pero la gente se considera demasiado digna para un culo de gato.

Estaba tumbado en su cama, un poco aburrido, cuando oí a lo lejos una voz desconocida llamándome por mi nombre.

—¡Místeeer! ¡Místeeer!

Exactamente con la misma entonación que Chef, pero pronunciado por una joven voz masculina. Agucé el oído. Lo oí de nuevo. Venía de la calle. De la parte delantera. Caminé hacia la puerta principal. Maullé. Arañé la puerta. Pero el Acróbata estaba tan absorto en su ordenador que no me oyó. O fingió no oírme. Temía que saliera de su vida por la puerta principal y nunca regresara. Sonó el timbre. Ahora el Acróbata tenía que contestar. Se levantó con cuidado, jadeante.

—¡Ya voy, ya voy! —chirrió su voz.

Se acercó a la puerta principal y la entornó un poco, tan poco que no pude colarme. Allí estaba la alta figura de un joven desconocido de ojos bondadosos. Un bigote rubio brillaba en su labio superior, como si hubiera bebido un vaso de leche y olvidado limpiarse el labio. Un montón de papeles revoloteaban en sus manos. Le entregó uno al Acróbata.

—¿Has visto a este gato? Se llama Míster y lleva dos días desaparecido.

El Acróbata miró el trozo de papel que tenía en las manos. Me miró a mí. Pude ver en sus ojos que se arrepentía de haber abierto la puerta.

—¿Míster? Sí, le pega: Míster. Lo siento. Pensé que era un gato abandonado. Entró directamente en mi casa.

El Acróbata abrió la puerta un poco más. Salí. Bigotito empezó a brillar cuando me vio. Incómodo, me cogió en brazos y dio un paso atrás.

—¡Chef! —gritó en voz alta al otro lado de la calle—. ¡Chef, lo he encontrado!

Nunca la había visto correr tan rápido. Me apartó de él y me abrazó. Estaba un poco enfadada con el Acróbata, ¿cómo podía tener al gato de otra persona dentro de casa así sin más? Pero en realidad estaba enfadada consigo misma. Bigotito era el héroe de la historia: se le permitía quedarse.

«¿Por qué siempre te quedas aquí? Antes recorrías todo el barrio».

Luisito se ha sentado a mi lado. Tiene razón. Debo parecer alterado. Hasta hace unas semanas, todo el barrio era mío. Iba a todas partes. Pero desde que me ocurrió el milagro sigo pegado a este azulejo como un zumbado. Sueño con tormentas eléctricas y pollitos que caen del cielo como granizo.

Miro a Luisito. Alrededor de su cuello cuelga un enorme artilugio con una luz intermitente.

«¿Qué es eso que tienes en el cuello?».

Sus bigotes se mueven desesperanzados de arriba abajo.

«Es un sistema de rastreo para que mis humanos siempre

puedan encontrarme. ¿Te acuerdas de cuando fui a casa de Pelo Violeta para ver si tenía algún sabroso pollito para mí?».

Asiento y miro a mi alrededor.

«Estuve encerrado allí tres días y no conseguí ni un pollito. Tampoco le quedaban gallinas en el jardín. Quizá se las había comido todas ella. Pelo Violeta estaba echando espuma por la boca en el suelo y apestaba a heces».

¿Heces? ¿Qué clase de gato dice «heces»? Caca, mierda, cagada…, así es como debes llamarlo, Luisito.

Luisito pone cara de fastidio. Un destello de luz en su cuello. Me siento un poco culpable. Tres días en el agujero de chatarra es mucho tiempo. Si no lo hubiera enviado a Pelo Violeta no le habrían puesto esa cosa en el cuello.

«¿No puedes deshacerte de ella?».

«¿Qué?».

«Esa cosa alrededor del cuello».

«Me gusta bastante. Así siempre pueden encontrarme. Por supuesto que soy muy popular porque soy muy guapo. Todo el mundo me quiere. Pero yo solo quiero volver a mi propia casa todas las noches».

¿Por qué siempre tiene que decir esas cosas tan irritantes? Puedo oler a Chef. Puedo oler a Bigotito. Están parados frente a nuestra puerta. Echo otro amplio vistazo alrededor. No hay señales de pollitos por ningún lado. Me escapo.

«¿Adónde vas?».

«A casa».

Remuevo con la lengua un delicioso y cremoso *gattuccino*. Divina leche de avena batida y tibia. Estamos sentados en la esquina del café del mercado. Chef y Bigotito están bebiendo un capuchino de avena y compartiendo una rebanada de pan de plátano vegano. Me gusta venir aquí. A menudo con Chef, pero también vengo aquí regularmente sin mi humana. Es decir, si no hay perros.

Las mantas de lana de oveja que cubren el banco junto a la ventana de la esquina reciben el sol durante toda la mañana y tienes una vista del mercado, donde siempre hay algo que ver. Gorriones en el puesto del panadero, ratones debajo del puesto del panadero. Palomas por todas partes. Niños en triciclos, niños en patinetes, bebés en un portabebés sobre la barriga de su mamá o papá. Gente grande. Gente pequeña. El viejo gato de la tienda de tabaco. El asustado gato atigrado que vive encima de la cafetería y se pasa todo el día asomándose por detrás de las amarillentas cortinas de encaje. A veces alguna rata gorda. En verano, los abejorros peludos zumban alrededor de las nuevas jardineras que ha colocado el ayuntamiento. Luego están las gaviotas en los cubos de basura subterráneos. Seres horribles y maleducados. No deberían estar aquí. Deberían estar en el mar, pero vienen aquí con familias enteras a saquear el mercado. Ah, sí, y por supuesto están esas aterradoras aves de patas largas encima del puesto de pescado.

Cuando estoy solo espero a que alguien abra la puerta de la cafetería para poder entrar. Me siento en mi sitio habitual. La dueña tiene un talento excepcional. Puede leer la mente. Es vidente. La miro sin pestañear, luego sonríe sin decir nada y me sirve un *gattuccino* perfecto. Completamente gratis. Ni demasiado caliente ni demasiado frío. Siempre a la temperatura perfecta. Para mostrar mi gratitud cuido de sus clientes. Me subo a sus regazos, les doy mimos, me acuesto junto a ellos y recojo con la lengua migas de cruasán que se han caído al suelo. Así la Vidente no tiene que barrer. También intento ayudarla con el lavado lamiendo los platos de los invitados para limpiarlos. Pero nunca es suficiente. Ella siempre los pone en el lavavajillas a pesar de lo que me esmero. Es una perfeccionista. Por eso trabaja sola. Me lamo las gotas de leche de avena de la nariz y la barbilla. Gracias al cielo que tengo una lengua muy larga.

Doy tres vueltas entre las cálidas caderas de Chef y Bigotito y me acuesto entre los dos con la cabeza hacia la ventana. El sol se ha escondido tras unas nubes espesas. A partir de ahora la vida será diferente. A partir de ahora Bigotito vivirá con nosotros. Ha estado aquí muchas veces antes. Pero ahora impregnaré con mi olor todas sus cosas.

Miro hacia afuera. El desfile de niños pequeños vestidos con chalecos verdes se mueve arrastrando los pies por el mercado. Todos reciben un plátano del frutero. Los maestros los ayudan a pelar los plátanos. Pero cuando intentan comérselos ya no pueden sujetar también la cuerda. Los niños son torpes. La cola se disuelve y los maestros levantan a todos los niños uno por uno y los suben al banco que está cubierto de mierda de paloma. Los veo contando. ¿Siguen todos ahí? Un suspiro de alivio. Sacan un pañuelo del abrigo. Se limpian la nariz.

Veo al Acróbata conduciendo por el mercado. La cesta de su carrito está llena de comestibles. Una calabaza, un puerro, pan en una bolsa de plástico y en el fondo de su cesta veo una caja de huevos. Para mí, por supuesto. Mi buen amigo. Unas gotas pequeñas caen del cielo y el Acróbata comienza a conducir más rápido. No quiere mojarse.

Veo a la vecina de enfrente en la panadería. Compra dos barras de pan y una bolsa de bollos con pasas. Sus hijos comen mucho, por supuesto. Están creciendo. Los humanos siguen creciendo durante mucho tiempo.

Veo un perro feo con ganas. Pareciera que alguien le ha aplastado con un enorme martillo toda la cara. Su nariz está escondida en las arrugas de su cabeza chata. Veo cómo jadea para respirar. Como si tuviera un resfriado crónico. Coge una rodaja de salchicha del puesto de carne. Se la traga asqueado. Su baba baila en el aire.

Odio el puesto de carne. Ese tipo de la carne es el mejor amigo de los perros. Siempre les da un trozo de salchicha. No quiere saber nada de gatos. Cada vez que el olor a salchicha de pollo asado me embriaga y mi cuerpo se dirige hacia su puesto automáticamente, me aleja como si fuera escoria. Es insoportable que un tipo como él sea el dueño del mejor género del mercado.

Desde lo alto del puesto de pescado las dos aves de patas largas lo vigilan todo. Ahí es donde Bigotito consigue nuestro arenque cuando Chef no está en casa. Desde que vive con nosotros me lleva al puesto todas las semanas a por pescado. Yo espero a distancia, lejos de esos bichos patilargos. Y luego comemos pescado juntos en la esquina, al lado del aparcamiento de bicicletas.

Hace años, cuando todavía era un gatito y vivía con J, vi algo en el parque al otro lado de la transitada carretera que todavía me produce pesadillas. Vi cómo una criatura de patas largas cogía un topo vivo con el pico. El animal ciego se agarraba a los lados del pico con sus manitas e intentaba con todas sus fuerzas liberarse. Luchaba por su vida. Pero la criatura de patas largas, con su impresionante laringe, lo engulló entero. El topo desapareció en el enorme agujero y se hundió como un bulto en movimiento por el largo cuello gris. Debió de ser una muerte horrible. Ser desintegrado vivo por el ácido del estómago. A veces sueño que soy un gatito y que desaparezco en esa boca. Luego me despierto con las patas temblorosas. La gente no se da cuenta de lo horribles asesinos que son estas criaturas de patas largas. Las encuentran divertidas y entrañables. Incomprensible.

Uno de esos asesinos grises en lo alto del puesto bate rápidamente las alas. Vuela una corta distancia para atrapar algo en el aire con el pico. Veo cómo se traga una pequeña pelota amarilla y esponjosa. Pego un salto, presiono mi nariz húmeda contra la ventana, el aliento se me queda detenido en la garganta. Escaneo toda la zona.

¿Era eso lo que pensaba que era? Miro el cielo gris, del que caen gotas. No hay pollitos. La bolita amarilla y esponjosa no había caído del cielo. Se la habían lanzado al patas largas desde abajo. Miro a la gente que se desplaza por el mercado bajo los paraguas. Un hombre se mete un rollito de primavera en la boca. La cadena formada por niños vuelve a estar intacta y los más pequeños siguen al profesor de delante como mansos corderitos. La boca del frutero se abre en toda su extensión:

—¡Plátanos! ¡Deliciosos plátanos! ¡Cinco por un euro!

No lo oigo, pero canta la misma canción todos los días.

Una mujer detiene a un niño que está a punto de entrar en el mercado con su bicicleta. Haciendo alarde de un profuso repertorio de aspavientos, le deja claro que es una pesada. El hombre del rollito de primavera se involucra. El niño se aleja con su bicicleta hacia otro lado, cabreado.

Presta atención. Mira bien. ¿De dónde salió ese pollito? ¿Era un pollito? ¿Lo vi correctamente? ¿Estoy empezando a mostrar síntomas de pareidolia? ¿Está mi obsesión por el acertijo apoderándose poco a poco de mi cerebro? Afortunadamente, no hay manicomios para gatos. Nuestra locura es acogida con cariño por la humanidad. ¡Estate atento! El segundo patas largas aguarda expectante en lo alto del puesto de pescado. Estira el cuello y mira hacia abajo. Sigo su mirada y veo a una anciana encorvada. Se encuentra de espaldas a mí. Está rebuscando en una bolsa a cuadros sobre ruedas. De repente se levanta, ¡de sus viejos dedos cuelga un pollito sin vida, cogido por una pata!

¡Aleluya!

¡No estoy loco!

Un grito incontrolable sale de mi garganta.

Ella balancea el delicioso bocado en el aire hacia el patas largas, que espera, abre el pico, inclina la cabeza y el divino alimento aterriza en su garganta de un bocado.

La viejecita se da la vuelta. Veo su rostro arrugado y satisfecho. Su sonrisa deja al descubierto sus enormes dientes. Dientes que parecen demasiado grandes para su pequeño rostro. Dos ojos radiantes brillan detrás de unas gafas redondas. ¡Es ella! La he estado buscando durante una eternidad. Día tras día me he sentado en ese azulejo en vano y ahora, en un momento tan inesperado, se me ha revelado.

Ella es la respuesta a todas mis preguntas.

La portadora de una gran felicidad.

Mi Mesías.

Tengo que salir.

Tengo que ir en su busca.

Quiero lamer sus dedos.

Me dirijo hacia la puerta y empiezo a maullar.

Chef se levanta y camina hacia mí. Pero en lugar de abrir la puerta me coge en brazos.

—Está lloviendo, guapo.

Se sienta de nuevo y me coloca en su regazo.

Veo que mi Mesías echa a andar. Pasos rápidos para un cuerpo viejo. Intento liberarme, pero Chef me tiene bien sujeto. Me relajo, como si me rindiera ante ella. Su agarre se afloja. Salto de su regazo en un instante. Me precipito hacia la puerta y maúllo todo lo fuerte e intensamente que puedo. No hay un comensal que no me mire. La Vidente deja de espumar la leche. ¡Debo hacerle entender a Chef que es muy importante que me abra la maldita puerta! ¡Debo ir con mi proveedora de pollitos! Quiero restregar mi cabeza contra sus pantorrillas y ronronear tan fuerte que le vibren las piernas. La veo alejarse del mercado, hacia mi calle. Desaparece de mi vista. Siento inquietud en las patas. Empiezo a respirar más rápido. He de seguirla hasta su casa para saber dónde vive y poder ir a verla. Quiero oler esa bolsa a cuadros, debo saber si hay más de esos divinos pollitos dentro. Araño la puerta. Me duele la garganta de tanto maullar.

Chef se levanta.

—Venga, venga, Míster. ¿Qué pasa ahora? ¿Necesitas hacer pis?

Finalmente abre la puerta.

Salgo corriendo.

Voy lo más rápido que puedo.

Bajo al mercado.

¡Plas!

Un patinete silencioso pasa a mi lado a la velocidad del rayo. El corazón me late con fuerza en la garganta. Por un milímetro no quedaron los huesecillos de mis patas delanteras pulverizados bajo sus ruedas.

—¡Cuidado, bicho tonto! —grita el chico, que se abre paso por mi barrio como un kamikaze.

Todo da vueltas a mi alrededor. Por un momento olvido hasta cómo respirar. No lo oí. No lo vi. Cierro los ojos. Todo es negro. Me veo tirado en una gran carretera. Oigo el chirrido de los neumáticos sobre el asfalto caliente. Dolor en todo el cuerpo.

Un hombre mayor se inclina sobre mí. «¡Jema! —me llama por mi nombre—. ¡Sigue vivo!». Lo miro. Todo se vuelve blanco. Parpadeo. Eso fue entonces. Esto es ahora. Respiro hondo y dejo salir el aire. Está bien. Todo está bien. Ya no soy Jema. Soy Míster.

Miro a mi alrededor. No hay motos, ni bicicletas, ni coches, ni patinetes, ni Mesías.

Corro hacia mi calle. Busco el olor del pollito, busco esa bolsa a cuadros sobre ruedas. ¿A qué velocidad puede avanzar una anciana como esa? Corro hasta el final de la calle, hasta el límite de mi territorio. No hay ni rastro de la señora de los pollitos. Hay cuatro calles por las que pudo haberse ido. En mi cabeza trato de memorizar su cara y su estatura. Un rostro lleno de arrugas. Gafas redondas. Una espalda encorvada. Los gatos recordamos inicialmente los olores, no las apariencias externas. No sé a qué huele. Recorro las cuatro calles. En ninguna veo movimiento. Dudo. Estaba allí hace un momento y ahora ha desaparecido como la nieve al sol.

INVIERNO

Temprano, por la mañana. Todavía está oscuro. La luz de la farola brilla a través de la pequeña ventana sobre la puerta principal en una larga franja. Chef solloza suavemente. Sus hombros están caídos hacia delante, como si estuviera tratando de esconderse dentro de su propio cuerpo. Bigotito le frota la espalda con las manos.

Se había levantado temprano. Normalmente nos daba a Mien y a mí unas croquetillas de inmediato, pero esta vez fue primero al baño. No orinó en el inodoro, sino en un frasco de vidrio en el que luego colocó un palito de plástico. Contó en voz baja:

—Uno… Dos… Tres… Cuatro… Cinco… Seis… Siete… Ocho… Nueve… Diez.

Respiró hondo, exhaló profundamente y retiró el palito de plástico de la orina. Le puso un tapón en el extremo y se dirigió a la cocina. Miró el reloj del horno. Puso el palito en la encimera, se lavó las manos y se dirigió al armario para coger algo de pienso para mí y para Mien.

Cuando terminé mi cuenco, ella miró con entusiasmo desde el reloj hasta el palo. En cierto momento su rostro cambió. En silencio, sin hacer ruido, apretó el rostro. Un suave chirrido escapó de su garganta. Un chorro muy fino de agua salada corrió por su mejilla.

Bigotito se levantó de la cama, la abrazó y miró el palo y un trozo de papel.

Ahora le está frotando los hombros.

—¿Estás segura de que lo has hecho bien? ¿Has leído las instrucciones con atención?

—No, claro, soy una idiota —espeta ella.

—Lo siento —murmura él—. Lo intentaremos de nuevo el mes que viene.

Ella asiente. Se seca las mejillas con la manga de la bata.

—Lo siento —dice ella también.

Se acuestan juntos en el sofá. Posición cucharita. Él está detrás. Ella delante. Me acurruco contra su barriga. Juntos estamos en posición de cucharita-cucharita-cucharita.

Desde la azotea de la escuela de yoga contemplo las caprichosas ramas del magnolio. Ha perdido todas sus hojas. En sus ramas desnudas han crecido cabezas afelpadas que protegen del frío a las flores ocultas. Es como si llevasen un abrigo de invierno. Cuando el invierno llega a su fin, las flores asoman por el fieltro. Es un momento maravilloso: el anuncio de que no pasará mucho tiempo antes de que el sol eleve a un nivel agradable todos los días la temperatura del techo plano negro. No mucho después, todos los pájaros estarán incubando sus huevos. Pero, por ahora, las flores siguen acurrucadas y escondidas. El invierno acaba de empezar. Los aromas del otoño aún se pueden encontrar aquí y allá en el jardín del patio, pero el invierno en sí no huele a nada. No hay flores que florezcan, ni hierba cortada ni hojas en descomposición ni tierra agria. Nada crece. Nada muere. El frío paraliza las moléculas de los aromas. Por supuesto, todavía queda mucho por oler si tienes buen olfato, como es mi caso. Guisos a fuego lento, tocino frito, sopa de guisantes con salchichas ahumadas. Pero la flora y la fauna apenas desprenden aromas. Camino hacia la claraboya y miro hacia abajo. Descubro a Chef tumbada en la esterilla de yoga. Probablemente yo estaba haciendo caca entre los últimos restos de hojas en descomposición de este jardincito salvaje cuando ella se fue de casa. Ahora tengo que esperar a que regrese para que me abra la puerta. Quiero salir a la calle para completar mi búsqueda de la misteriosa Mesías. Han pasado semanas desde que se me reveló y desde entonces ha desaparecido sin dejar rastro. Día tras día camino en círculos por los lugares donde nuestros caminos se cruzaron. Desde el mercado, pasando por el gnomo de jardín, hasta el azulejo y de vuelta. Buscando el olor a pollo, la bolsa con ruedas, su figura inclinada. Me hace sentir desesperanzado, angustiado incluso.

Miro el rostro pálido de Chef. Si abre los ojos ahora, mirará directa en dirección a mi cabeza. Pero no abre los ojos. Está tumbada boca arriba. Tiene las manos abiertas hacia el cielo. Mueve la boca al ritmo de la música. *Let the earth hold you, take care of you and nurture you.* Respira hondo. Su deseo insatisfecho está tan profundamente arraigado que siente la decepción en cada fibra de su cuerpo. Hoy. Mañana lo habrá superado. Lo sé. Lo mismo ocurrió el mes pasado.

El gurú golpea el gong.

Las seguidoras se levantan con los ojos cerrados. Se sientan con la espalda recta y las piernas entrelazadas de una manera ingeniosa. Una de las pocas posturas de yoga que no copiaron de los felinos.

Chef mira hacia un lado. Solo ahora veo que fue a yoga con Amiga.

Amiga le toma la mano y la aprieta.

Se miran. Solo se levantan cuando todos han salido de la habitación.

Amiga se parece a Chef, no por fuera, sino por dentro. Igual de amable, igual de activista, igual de dura y vulnerable

71

al mismo tiempo. Amiga siempre se sienta en el alféizar de la ventana. Me levanta y me pone en su regazo. Me mete la nariz en el cuello. Me susurra que me quiere. Hace poco se ha aficionado a los perros. Quizá siempre le gustaron, pero ahora ha acogido a uno. Dios sabe por qué. Su olor se ha colado en su grueso abrigo de invierno. Sus dientes han hecho un agujero en ese mismo abrigo.

Los cuatro salimos a pasear hace poco. Chef, Amiga, ese cachorro tontaina y yo. No se puede decir que fuéramos a caminar. Cada peatón que pasaba nos hacía parar. Nadie podía controlarse. Todos tenían que tocar al cachorro. El animalito no podía controlar su entusiasmo. Saltaba sobre la gente. Su cola parecía el ventilador de techo del veterinario en un día abrasador. La gente pensaba que era lo más. Y yo como si fuera invisible. Como si no existiera.

Amiga percibió mi dolor. Me acarició la cabeza mientras las manos de unos desconocidos se hundían en el suave pelo de su cachorro. Desde entonces lo deja en casa y sus visitas se han vuelto más cortas.

Salto del tejado de la casa del árbol al jardín de las vecinas. Han puesto una conífera gigante en medio de su casa y están ocupadas enrollando una guirnalda brillante a su alrededor. Aunque me parece absolutamente fascinante, me apresuro para colarme por la gatera. Tengo que llegar a tiempo para poder escabullirme entre las piernas de Chef en cuanto abra la puerta principal.

Mien ronca en el alféizar de la ventana. Parece que sus ronquidos se amplifican cada semana. Como si un abejorro se le hubiera atascado en la garganta. A Mien le gusta cazar moscas. Es una de las pocas actividades físicas que realiza. Después de la captura siempre está sin aliento, pero satisfecha. Cree que son divinas; cuanto más gordas, mejor. Quizá le recuerden a su juventud. Nació en una granja. Era la última que quedaba de su camada en un establo lleno de orondas moscas de estiércol. Nadie quería un gato con la cola deforme. Excepto Chef, que siente predilección por las rarezas. Chef, por otro lado, experimenta una aversión terrible por las moscas del estiércol. Lo mismo sucede con los mosquitos. Cuando se trata de estos insectos de dos alas, tira por la borda sus ideales veganos sin pensárselo dos veces. Los mata con una raqueta especial. Incluso parece disfrutar cuando el alambre los achicharra. Pero si Mien y yo queremos jugar con una abeja o un abejorro, se enfada mucho. Chef los protege como si la supervivencia de la humanidad dependiera de ello. «¡Sin abejas no hay vida!», chilla presa del pánico cuando intento atrapar una.

Miro por la ventana. Chef sigue sin aparecer por ningún lado. Quizá ella y Amiga, con sus pantalones ajustados, estén tomando un capuchino de avena donde la Vidente.

Al otro lado de la calle, Lucy está meando contra una farola. Ya no tiene que llevar correa, siempre y cuando deje en paz nuestro felpudo. Lucy corre con entusiasmo tras sus dueños hasta el parque. Mueve la cola de un lado a otro histéricamente. No tiene control sobre ella.

Me irrita. ¿Qué le pasa a la gente con los perros? Lucy tiene dueños. Es un perro. Los perros no tienen empleados. Ellos son los empleados. Lucy se sienta cuando le dicen que se siente. Se tumba cuando le dicen que se tumbe. Corre tras una pelota de tenis maloliente y babeada cuando se la lanzan e incluso parece disfrutar con ello. Deja de ladrar cuando sus dueños le dicen que no lo haga. Lucy es una perra obediente. Una perra obediente y estúpida.

Algunas personas afirman que los perros son más inteligentes que los gatos porque los perros hacen lo que se les dice. ¡Tonterías! La obediencia no tiene nada que ver con la inteligencia. De hecho, creo que la obediencia ovejuna de los perros es una prueba irrefutable de su gran estupidez. Sería mejor hablar de obediencia canina en lugar de obediencia ovina, porque una oveja no viene cuando alguien la llama o silba con los dedos.

Lo sé de primera mano, porque en la granja escuela tienen que bloquear toda la plaza con carretillas y otros armatostes cuando quieren meter a las ovejas desde el prado al establo para pasar la noche. Crean un pasillo estrecho entre el prado y el establo para que las ovejas, balando, solo puedan ir hacia adelante. Las chicas de la granja corren tras los animales, dando palmadas para que ese rebaño cagón se mueva. A menudo he observado esta escena desde la torre de juegos con vistas al prado de las ovejas.

Cuando me mudé con Chef había una cafetería en el edificio de la esquina de al lado. Solo se permitía la entrada a hombres. Yo iba a menudo. Tenía muchos amigos hombres allí. Jugaban, bebían café y fumaban cigarrillos malolientes. Pero me negaban el acceso a la trastienda. En un momento dado, la policía empezó a aparecer cada vez con más frecuencia y un día tuvieron que cerrar.

Tras eso, renovaron el local durante meses y lo convirtieron en un puesto de patatas fritas. Nunca estaba lleno, a pesar de que tenían una mayonesa deliciosa. De esas de sabor muy agrio. Una vez conseguí un *frikandel* que un niño pequeño vomitó en la terraza. Era un delicioso y grasiento palito de carne, incluso mejor que el que hacía el antiguo compañero de piso de Bigotito.

Después de unos meses cerraron el establecimiento. Según Chef, la comida era ridículamente cara y no cortaban sus propias patatas fritas. El local estuvo vacío durante meses.

Una mañana, hace unos seis meses, Lucy y sus jefes se pararon ante nuestra puerta. La vi, con su pinta de atolondrada, a través del vidrio de la puerta. Sus ojos tristes miraban con curiosidad hacia nuestra casa. Empezó a ladrar en cuanto me vio.

Mien se escondió rápidamente debajo de la cama.

Yo, sin embargo, me quedé sentado en la mesa cuando Chef abrió la puerta principal.

—*Hi, we are your new neighbours. We're planning to open a nacho bar here, with delicious cocktails**.

También le dijeron a Chef que habían huido de alguien llamado Trump.

Chef lo entendió. Chef también huiría de ese Trump, dijo ella.

—*We feel at home in Amsterdam…, you know, as a gay couple.***

Aunque llegaran aquí con esa perra babosa y hedionda, me alegro de que huyeran. Me encanta su salsa de queso casera goteante, incluso más que un *frikandel*: grasienta, salada y líquida. Justo lo que me gusta.

Y ellos me quieren. Me hacen fotos cuando me subo a las rodillas de sus invitados bajo las lámparas-estufa de la terraza. Por supuesto, soy un imán para su público. ¿Quién no querría abrazarme gratis mientras disfruta de un cóctel? Cuanto más beben, más sobeteos. ¡Delicioso! Y me encanta lamer el oro líquido de los cuencos a medio comer.

Oigo un chirrido, una rueda que pide a gritos ser engrasada. Es diferente del sonido de las docenas de maletas que los turistas tiran y empujan frente a mi casa cada semana. El sonido

---

* En inglés en el original. «Hola, somos los nuevos vecinos y tenemos intención de abrir un bar de nachos aquí, con cócteles deliciosos». *(N. de la T.)*.

** En inglés en el original. «En Ámsterdam nos sentimos como en casa. Ya sabes, en tanto pareja homosexual». *(N. de la T.)*.

se hace más fuerte. Lo he oído antes. Veo una figura que se acerca. Una espalda encorvada. Un paso firme. Apoyo la nariz contra la ventana.

Se aproxima una anciana. Un rostro lleno de arrugas se oculta bajo un grueso gorro de invierno. Lleva unas gafitas redondas enganchadas en la nariz. Tira de un bolso a cuadros que avanza detrás de ella sobre unas ruedas chirriantes.

Mi Mesías…

Casi había perdido la esperanza y ahora, de repente, pasa por delante de mi casa.

Maúllo:

«¡Estoy aquí! ¡Estoy aquí!».

Golpeo el cristal con la pata.

Mien salta del alféizar de la ventana, enfadada, y masculla que está intentando dormir.

Maúllo con todas mis fuerzas.

La Mesías se detiene y mira dentro, sorprendida. Sus brillantes ojos, pequeños como cuentas de collar, me miran. Las comisuras de su boca se curvan.

—Hola, cariño —le oigo decir al otro lado del cristal. Tiene un acento extraño que no consigo ubicar.

«¿Hay pollitos en tu bolsa?», maúllo.

Pero no me entiende.

Doy unas palmaditas al cristal.

Ella acaricia el cristal con las manos desde otro lado. Flexionando sus viejas rodillas, besa el cristal como solo los niños saben hacerlo. Su aliento se congela en la ventana. Su saliva deja un rastro. Nos hacemos carantoñas a través de mi encarcelamiento. De repente se levanta. Alza la mano para protegerse los ojos y mira dentro para ver si hay alguien en casa. Golpea fuerte la ventana.

—*Guten Tag!** —grita.

Pero mis humanos se han ido.

Mira su bolsa con ruedas. Camina hacia la puerta principal. Toca el timbre. Nadie responde. ¡Oh, Dios! Mataría por tener la habilidad de abrir puertas. Pero esta puerta está cerrada con llave. Me siento en el felpudo y miro a través de la estrecha ventana en la parte inferior de la puerta. Mi Mesías tiene los pies pequeños.

Una mano vieja y pálida se desliza por el buzón, luchando por mantener la tapa abierta. Con la otra mano empuja una bolita amarilla y esponjosa a través de la ranura. Justo delante de mí, un bocadito celestial aterriza en el felpudo.

—Vamos, cariño, es bueno para ti. Tiene muchas proteínas —susurran sus labios arrugados a través de la ranura.

La tapa se cierra de golpe.

Sus piececitos empiezan a moverse. Le doy un mordisco al pollo, pero de repente Mien mete la cabeza en medio. Huele mi comida.

«¡Puaj! Está helado», dice y se marcha al dormitorio quejándose.

Me trago el pollito de un bocado. Roo, muerdo, siento los huesos crujir entre mis mandíbulas. Siento los jugos, el umami goteando por mi barbilla. Divino. Realmente divino. He anhelado esto durante mucho tiempo. Cuando miro por la ventana, ella ya no está.

Mi Mesías ha desaparecido.

Oigo una llave en la cerradura. Es Chef. Me deslizo entre sus suaves piernas y pongo rumbo a la libertad lo más rápido que puedo. Al final de la calle veo a la Mesías doblar la esquina. Corro tras ella. Siento la piel de debajo de mi vientre balancearse de izquierda a derecha. Soy muy rápido.

* En alemán en el original. «Buenos días». (*N. de la T.*).

La veo, está abandonando mi territorio y voy tras ella.

Esta vez no la perderé. Necesito saber dónde vive, dónde puedo encontrarla siempre. Iré donde mi Mesías vaya.

Un gran giro, pasando junto a un amplio canal lleno de agua helada y negra como el carbón que golpea con fuerza contra el muelle, pasando por estacionamientos llenos de bicicletas inmóviles, pasando por una terraza donde las sillas están sujetas a la mesa con una cadena. ¿De verdad temen que las sillas se vayan? Los humanos son criaturas extrañas. Cuidadito, Míster, no te despistes.

No pierdas de vista a la Mesías.

De repente se detiene.

Estoy casi a su lado. Puedo oler la piel vieja, rancia y sucia bajo su grueso abrigo de lana.

Ante nosotros se extiende una carretera muy transitada.

Los coches y las bicicletas vienen desde ambas direcciones a la vez. Una línea de tranvía la atraviesa.

Siento que me tiemblan las patas.

Se me ponen los pelos de punta.

Miro a mi Mesías.

Ella no tiene miedo. Simplemente con alzar la mano logra que los humanos sobre ruedas se detengan. Es como si pudiera poner en pausa el mundo.

Mágico y aterrador a la vez.

Cruza la calle con calma.

Camino veloz junto a ella, cerca del gran bolso a cuadros en el que puedo oler los pollitos en descomposición. Detrás de nosotros, los coches y las bicicletas empiezan a moverse de nuevo.

Deprisa, rápido, a la acera donde estamos seguros. Pasamos al lado del agua y de un gran sauce llorón cuyas ramas desnudas y caídas bailan dramáticamente con el viento. Una vez más, mi Mesías se detiene. Se inclina para rebuscar en la bolsa a cuadros.

Siento el corazón latiendo en la garganta.

Desde el muelle, unas aterradoras criaturas de largas patas esqueléticas se precipitan hacia nosotros. No tenía ni idea de que esos seres pudieran ser tan rápidos. Con cada paso que dan, sus largos cuellos asesinos avanzan como una ola.

Se me eriza el pelaje de la espalda. El frío viento invernal se abre paso hasta mi piel.

Me escondo detrás de la bolsa y miro entre las ruedas.

Los patas largas se detienen ante la Mesías.

—Oh, pobres. Tenéis hambre, ¿verdad? Lo veo en vuestros ojos —dice con su peculiar acento.

Lanza pollitos al aire y los patas largas corren en todas direcciones por la acera para atraparlos.

—El resto es para mañana.

Pasa junto a esos desgraciados, en dirección a una casa en la esquina.

Corro para ir acompasados.

Abre la puerta principal y arrastra la bolsa tras de sí. Una rueda se queda atascada en el umbral.

Miro hacia atrás.

Las criaturas de patas largas vienen hacia nosotros.

Quiero entrar, pero la bolsa bloquea la entrada.

La Mesías se da la vuelta y al fin me ve. Me mira directamente al alma con sus pequeños ojos brillantes.

—Hola, precioso. ¿Quién eres?

«¡Soy tu amigo! —Detrás de mí, las criaturas de patas largas se acercan cada vez más—. ¡Soy tu amigo en apuros!».

Arrastra la bolsa hasta el pasillo y yo la sigo aprisa. Estoy dentro de su casa, a salvo.

Su rostro comienza a iluminarse.

—¿Vienes a visitarme?

«¡Sí!».

Por fin cierra la puerta detrás de mí.

Siento cómo la tensión se aleja de mi cuerpo. Yo, Míster, no moriré lentamente de acidez estomacal. Camino por el oscuro pasillo hasta la sala de estar.

Me sostiene la cabeza entre sus viejas manos. Sus ojos brillan.

—Mi corazón se abre por completo cuando te miro —dice—. Hace mucho tiempo que no viene ningún gato.

Huele a humedad, los pelos de la alfombra están pegados debido al polvo acumulado. Mien no sobreviviría aquí.

—Yo también tenía un gato —continúa—. Se llamaba Moortje.

Lleva la bolsa a la cocina y saca una bolsa de bollos con pasas.

Me arrastro ante sus pequeños pies y sus viejas piernas, ocultas en medias translúcidas de color marrón claro.

—Quieres algo rico, ¿verdad, cariño?

«¡Mujer, eso es como preguntar si el agua moja!».

Saca una bolsa de plástico transparente de su bolso.

Miro los cadáveres de pollo apilados unos encima de otros.

Saca uno, lo coloca en un platillo y me lo sirve en el suelo de la cocina. Cierra la bolsa con un nudo y la mete en el congelador.

—El resto es para mañana. Para las garzas. Esas pobrecillas pasan mucha hambre en invierno.

Muerdo, mastico, trago. Soy un tipo afortunado.

Me acuesto junto a ella en un sofá desgastado. Masajeo la frágil tela con mis uñas. Siento que mi garganta vibra.

Hojea un libro de fotografías en blanco y negro.

Me encanta el olor de los libros viejos. También me encanta el olor de los libros nuevos. Los libros viejos huelen diferente de los nuevos.

Bigotito suele sentarse a la mesa de la cocina y estudiar libros abiertos. Sus ojos se concentran en el papel, como si desapareciera en otro universo. Mastica el capuchón de un bolígrafo, con la frente llena de arrugas reconcentradas.

Me gusta tumbarme entre sus libros para aspirar el aroma del papel.

Además, las personas que miran libros siempre están tranquilas y con una mano libre con la que hacerme cosquillas en la barbilla.

La Mesías no me hace cosquillas en la barbilla. Necesita ambas manos para pasar las páginas.

—Este fue mi primer marido. No le gustaban los gatos.

Me muestra una foto de un hombre con unas gafas negras y gruesas sobre una nariz prominente. Su mano se desliza por el papel. Señala una foto de dos jóvenes frente a una casa.

—Entonces todavía vivíamos en Alemania. Antes de la guerra.

Apoyo la cabeza contra su cálida cadera. Cierro los ojos.

—Murió de cáncer —dice—. Solo tenía cuarenta años. Luego me casé con su hermano. Le gustaban los gatos. —Se levanta.

Abro los ojos. La veo sacar un marco de fotos de un armario. Contiene una foto de un hombre gordo con un gato negro en el regazo.

—Mira, este es mi segundo marido y nuestra gata Moortje.

Se sienta. Me acurruco junto a ella de nuevo.

—También murió de cáncer. Tenía ochenta años. Dos hermanos, ambos murieron de cáncer. Es una locura, ¿verdad? Y Moortje también murió. Todos murieron. Pero yo sigo aquí.

Vuelvo a cerrar los ojos. De verdad que necesito dormir un poco. Los gatos necesitamos dormir. Sobre todo, en invierno. Los humanos tendéis a confundir nuestra necesidad de dormir con pereza.

«¡Eh, vago, levántate! —Bigotito me lo ordena regularmente cuando no puede controlar su compulsión por planchar las sábanas de la cama—. Una cama hecha es una mente ordenada».

Quizá estaríais menos estresados si descansarais tanto como el gato promedio.

Oigo el zumbido de su frigorífico. Los pollitos están en el compartimento superior, entre los polos de hielo. El zumbido del frigorífico me calma. Siento que me escapo del aquí y del ahora. La mejor sensación del mundo.

Tengo que hacer caca ya, no me puedo aguantar. Busco una gatera, pero no hay gatera. Busco una puerta, pero no hay puerta. Solo hay paredes con papel pintado de flores. Papel pintado de flores por todas partes.

Las flores se agitan. Bailan en un viento invisible.

Puedo oír el zumbido de las abejas, muchas abejas, pero no puedo verlas.

Tres pequeños insectos de patas largas emergen de las flores ondulantes.

Tengo que salir de aquí. Tengo que hacer caca. Tengo que salir de aquí.

Las garzas se acercan cada vez más.

Incluso en miniatura son aterradoras. Se me arriman con sus picos afilados como cuchillas. Intentan picotearme en el ojo que no puedo cerrar.

Corro por la habitación sin puertas. Corro en círculos y ellas corren tras de mí.

Me picotean las patas.

El corazón me late con fuerza.

Debo despertarme.

¡Despierta, Míster!

Abro los ojos.

Las flores del papel pintado me miran fijamente, inmóviles. No hay rastro de ninguna criatura de patas largas por ningún lado. Menos mal.

Pero lo de hacer caca no se me ha ido.

La Mesías está regando las suculentas del alféizar de la ventana con una regadera.

Salté y caminé hacia ella. Maullé fuerte.

Sorprendida, ella alza la vista.

—Oye, ¿de dónde has salido?

Deja la regadera y se inclina para acariciarme la cabeza.

Me dirijo al pasillo.

Ella me sigue.

—¿Cómo has entrado aquí? —pregunta.

«¡Vaya! ¿Cómo va a ser? Pues por la puerta principal. ¿Podrías abrirla para que pueda hacer caca?». Araño la puerta.

Ella abre la puerta.

Miro atentamente a mi alrededor. Por suerte, no hay señales de ninguna criatura de patas largas. Excavo rápidamente un agujero en el jardín delantero de la Mesías. Se diría que la rosa, en hibernación, necesita algo de abono.

¡Oh, Dios mío! ¡Qué alivio tan liberador!

Escondo mi mojoncillo bajo la fría tierra, dejándolo todo bien tapadito, como debe ser. Así es como nos lo montamos. Los felinos somos seres civilizados.

No como esos perros maleducados que van soltando pises y zurullos en cada esquina. No entiendo cómo la gente puede recoger de forma voluntaria un excremento humeante de la calle con una bolsa de plástico. Cómo pueden llevarse a casa una máquina de babear tan apestosa por diversión. Ese olor horrible se adhiere a todo.

Camino hacia la puerta principal.

Está cerrada.

Ella la ha cerrado.

Rasco la madera, maúllo, pero la Mesías no me oye.

Quizá sea hora de irme a casa.

Coches, patinetes, un tipo alto y larguirucho en una tabla con ruedas, bicicletas, un grupo de tipos ruidosos con chalecos fluorescentes que claramente no están acostumbrados a ir en bicicleta. Es peligroso. Hay aún más gente que esta tarde. Un tranvía cruza a toda velocidad por el centro de la calle, con sus ruedas de acero chirriando sobre los raíles. Los faros hacen que los ojos me ardan. Oigo un coche tocando la bocina. Me da vueltas la cabeza. Se me corta la respiración.

«¡Jema! —me llamó un anciano—. ¡Sigue vivo!». Se había inclinado sobre mí. Lo miré. Era el vecino de abajo, entre cuya milenrama del jardín no se me consentía hacer caca.

De repente lo recuerdo.

Me levantó con cuidado del cálido asfalto. El dolor me atravesó el cuerpo sin piedad. Me llevó a su casa. Fue la única vez que me permitió entrar. Me puso en una caja de plátanos en la mesa del comedor y cogió el teléfono.

—Han atropellado al gato de mis vecinos de arriba. Está gravemente herido, pero sigue vivo…

Poco después, unas personas con trajes de color verde amarillento me recogieron. Me examinaron un instante y me pincharon con una aguja grande.

De pronto estaba tan cansado que ya no sentía el dolor. Me desperté en la consulta del veterinario. Tenía la mitad del cuerpo envuelto en una tela blanca ajustada. Temía no poder volver a caminar nunca más, no volver a estar bien nunca más.

Siento que se me eriza el pelo. Respira con calma. No pienses en ello. Eso fue entonces. Ahora es ahora. Todo salió bien. Soy Míster, el gato que puede hacer cualquier cosa. Puedo hacer cualquier cosa. Puedo hacer cualquier cosa.

Una bicicleta de carga llena de niños vuela de repente hacia la acera. El padre que va sobre el sillín tiene prisa.

Salto hacia atrás y me escondo entre las ruedas de las bicicletas que esperan a sus humanos en el aparcamiento. Las farolas se encienden.

Miro el caos de la carretera. Al otro lado de la calle, unos jóvenes están parados frente a la puerta del café. Las sillas han sido liberadas de sus cadenas. Los jóvenes beben cerveza y fuman cigarrillos pestilentes. Desde aquí puedo olerlos. Hablan en voz alta. Ríen a carcajadas. Quizá puedan recogerme. Quizá puedan, con sus voces fuertes y sus gestos seguros, detener a la gente en la carretera y llevarme al otro lado.

Maúllo tan fuerte como puedo, pero no me oyen.

De nuevo pasa un tranvía a toda velocidad. Siento cómo tiembla el suelo. Me agacho entre las bicicletas aparcadas.

—Clic, clic, clic.

Una experta en gatos intenta atraer mi atención chasqueando la lengua contra el paladar. Unos dedos se asoman entre los radios de la rueda tras la que me he escondido.

Puedo oler el aroma de las patatas fritas con pimentón. Lamo sus dedos salados.

Una chica alegre, a medio camino entre una niña y una adulta, se cuela entre las bicicletas de rodillas para llegar hasta mí. Lleva un gorro blanco de osito de peluche.

—Hola, gatito.

Le lamo los otros dedos. También saben a patatas fritas con pimentón.

«¿Podrías cogerme y pasarme al otro lado?».

Pero ella no entiende mis maullidos. Se levanta y, sin decir nada, se aleja. Cruza el puente hacia el otro lado del agua.

Debo volver a mi Mesías. Mi Mesías me llevará a casa.

Saco el cuerpo de entre los neumáticos, corro bordeando el agua junto al sauce llorón que baila con el viento, más allá de las inquietantes garzas que, gracias al cielo, se asoman desde el muelle al agua con la esperanza de atrapar algo que puedan engullir vivo.

Ahí está la casa de la esquina.

Salto al alféizar de la ventana, pero es estrecho e inclinado, lo que me hace resbalar y caer. Me pongo de pie sobre mis patas traseras y me estiro todo lo que puedo. Tengo el talento excepcional de poder estirarme una barbaridad. Esa piel colgante a la altura de mi vientre está ahí por alguna razón. Gracias a mi piel basculante solía dar saltos gigantescos. El Acróbata se habría sentido orgulloso si hubiera podido verlo.

Pero ahora que tengo la cabeza torcida me resulta más difícil calcular exactamente hacia dónde debo saltar. Mi brújula está abollada. También estoy un poco más gordo de lo que solía estar. Pero no me preocupa, porque tengo casi once años.

Su sala de estar está vacía. La televisión, apagada.

Me apresuro a dar la vuelta a la esquina. Hay otra ventana allí. Miro a través de una rendija entre las cortinas.

La Mesías está tumbada en la cama. Hay una pequeña lámpara encendida. Tiene los ojos cerrados y la boca abierta. Sus grandes dientes se balancean en un cuenco de agua que hay en la mesita de noche. Su pecho sube y baja violentamente con cada respiración. Un conejillo de Indias duerme entre sus manos cruzadas.

No olí a conejillo de Indias en absoluto cuando estuve

dentro. Miro de cerca al animal que tiene en el estómago. No se mueve. Está allí completamente inmóvil. ¿Podría estar muerto? ¿Duerme con un conejillo de Indias muerto sobre la barriga?

Miro su cabeza. Se ve tan diferente. No sé muy bien qué es, pero hay algo diferente en ella. Parece vulnerable. Le crecen solitarios y esponjosos pelillos grises en la cabeza. Puedo ver su cráneo blanco puro. Calva. Sí, está calva. Eso es. Tal vez se quitó el pelo de la cabeza y se lo puso en el vientre para poder acariciarlo. Tal vez no sea un conejillo de Indias.

Cuando era un gatito me sorprendía infinitamente cómo la gente era capaz de arrancarse el pelo. Más tarde aprendí que apenas tenéis pelo y que lo que os ponéis y os quitáis se llama ropa. Pero el hecho de que haya gente que pueda quitarse los dientes y el pelo es nuevo para mí.

Maúllo, pero ella no me oye.

Sus orejas son muy grandes, pero no funcionan muy bien. Todo en ella está desgastado.

Pienso en Suus, la gata del Barco de los Gatos. Quizá la Mesías tenga la misma edad que Suus en años humanos. Quizá esté esperando a que la muerte venga a por ella.

Qué pensamiento tan feo. Por supuesto que la muerte no vendrá a por ella. Ella es la Mesías.

—¿Míster?

Reconozco de inmediato esa voz sorprendida.

El Acróbata se ha acercado a mí. Hay una bolsa de plástico en la cesta de su carrito. Me recibe el delicioso olor a pollo caliente.

Corro hacia él.

Su carrito se detiene.

Me meto entre sus pies.

—Amigo mío, estás muy lejos de casa. ¿Te has perdido?

Salto a su regazo y le restriego la cabeza. Me doy la vuelta y le planto el culo en la cara. Me inclino hacia la bolsa de plástico de su cesta.

Me empuja el trasero hacia abajo.

—¡Ah! Te gusta ese olorcillo, ¿a que sí, Míster?

El carrito vuelve a ponerse en marcha.

Me siento en el regazo del Acróbata. Clavo mis uñas firmemente en sus vaqueros. No quiero caerme.

—Te llevaré a tu calle.

El Acróbata conduce un rato por la acera de la transitada vía. Se detiene en un tramo de carretera con gruesas rayas blancas pintadas.

Un poste emite un sonido de tictac.

Espera. Cuando el tictac se acelera de repente, el Acróbata cruza las líneas blancas hacia el otro lado.

—Este camino es demasiado peligroso para un gato —dice.

«Sí. ¡Dímelo a mí! Me alegro mucho de que hayas venido a buscarme».

Los coches se detienen. Las bicicletas zigzaguean delante y detrás de nosotros.

No tengo miedo porque estoy sentado en el regazo seguro de mi amigo. El reconfortante olor de la carne de pollo especiado me calma el corazón.

Gira hacia una calle. Es la calle donde está su casa.

Reconozco el olor del joven gato gris que ha estado orinando contra las ruedas de los coches aparcados.

El Acróbata es rápido. Tuerce a la derecha, hacia mi casa. Se detiene frente a la guardería, donde una madre agobiada está poniendo a un bebé grande en un asiento de bicicleta.

El bebé me mira.

—¡Ga, ga, ga! —grita el niño.

—Sí, sí, sí —dice su madre sin mirar hacia dónde apunta su dedo.

—Gatito —le dice el Acróbata al bebé grande—. Quieres decir gatito. Aunque ya es un gato bastante mayor.

La madre levanta la vista. Cuando me ve, la tensión se desliza desde sus hombros hasta bajarle por las piernas, se aleja de sus pies y cruza la calle hasta la cuneta.

—Qué gato tan simpático tienes…, que vaya contigo en tu scooter de movilidad de ese modo.

Así que ese es el nombre para este cacharro: scooter de movilidad.

La mujer empuja su bicicleta fuera de la acera.

La silla de ruedas comienza a moverse de nuevo.

—No es mío —dice el Acróbata—. El gato, quiero decir. La silla de ruedas sí lo es. El gato se llama Míster. Es amigo de todo el vecindario. Te hace sentir muy especial. —El Acróbata se ríe.

La mujer también se ríe. Se sube a su bicicleta y se marcha.

—¡Que pases una buena noche!

¿Será posible que el Acróbata no sepa que quiero a algunas personas más que a otras? ¿Será posible que no sepa que es uno de mis humanos más queridos?

Apoyo la cabeza en su pecho. Quizá de esta forma sí lo sienta: que lo adoro.

Está oscuro en el bar del otro lado de la calle. La puerta está cerrada. Puedo ver la cabeza de Lucy detrás del cristal de la puerta principal. Me ve y empieza a ladrar.

—Vete a casa —dice el Acróbata—. Tu dueña estará preocupada.

«Dueña, dueña, dueña… Yo soy mi dueño y no me voy a casa todavía». Me animo y meto la cabeza en la bolsa de la que procede aquel delicioso olor.

—Oh, vaya. Quieres probarlo, ¿verdad? Pero no creo que

sea bueno para un gato. Contiene salsa de soja. Y muchas especias también, jengibre, chile, clavo…

Eso suena delicioso. No me iré hasta que lo haya testado.

El Acróbata saca la bolsa de la cesta en su scooter de movilidad. Abre un recipiente de plástico.

Aspiro profundamente los deliciosos aromas.

—Esto es un guiso indonesio, *ajam smoor,* Míster. Me fui hasta Westerpark para conseguirlo. Allí hay una anciana que cocina todos los lunes con su nieta. Por unos pocos euros puedes llenar varios táperes. Casi tan bueno como el que solía hacer mi madre. —Saca un trozo de pollo jugoso y marinado del recipiente.

Como del cuenco que forma con su propia mano.

—Mi madre lo solía hacer todos los domingos. Entonces toda la familia se reunía.

Una explosión de sabores irrumpe en mi paladar.

—Yo prefería salir a bailar con los chicos. —Su rostro comienza a iluminarse mientras se adentra en sus recuerdos—. Y los domingos siempre estaba resacoso. Siempre aparecía cuando toda la comida estaba lista. No tenía ningún interés en cocinar. Qué pena, ¿verdad? Su receta secreta se fue a la tumba con ella.

«Pues sí que es una pena, sí». Lamo su mano hasta dejarla completamente limpia y muevo la cabeza hacia el cuenco.

—Vale. Solo un poco más. —Vuelve a llenar la mano.

Muerdo, lamo.

Con la otra mano cierra con destreza el recipiente y lo vuelve a meter en la bolsa de plástico.

—Ya es suficiente, Míster.

Cuando no queda ni rastro del guiso en su mano, me levanta de su regazo y me pone en la calle.

—Hasta pronto, amigo.

Mi bebedero está vacío. Tengo la boca reseca. No podía dejar de beber. Abro la puerta del baño con la pata y salto al retrete para vaciarlo.

—Uf. Míster, no hagas eso. —Chef me alza del retrete y me pone junto al cuenco de agua—. ¿Ya está vacío? —Coge el cuenco y lo llena del grifo de la cocina—. Mel, ¿no cambiaste el agua de los gatos esta mañana?

Bigotito asiente desde detrás de su ordenador plano.

—El cuenco de agua ya está vacío.

Lo deposita lleno en el suelo junto a un cuenco de croquetas veganas.

Empiezo a beber. Tengo una sed insaciable. Siento la mano de Chef acariciando suavemente mi espalda.

—No estarás enfermo, ¿verdad?

«¿Enfermo? Me siento mejor que nunca. Solo tengo la boca seca».

—Bebe mucho y no se está comiendo sus croquetas.

«Sí, claro. Después de todas las delicias culinarias de hoy ni loco me como tus croquetas veganas».

—Las tres causas más comunes de que los gatos beban agua en exceso son la diabetes, los problemas de tiroides y los problemas renales. —Chef mira su teléfono con preocupación.

Bigotito levanta la vista de la pantalla.

—Quizá le hayan vuelto a dar toda esa mierda salada para comer, me refiero a la gente de la calle. Ha estado fuera todo el día, ¿no?

Chef asiente. Me quita el collar del cuello. Mi nombre está en la parte delantera de la etiqueta y una serie de números en la parte trasera. Creo que estos números forman una conexión telepática con su teléfono.

A menudo sucede que estoy haciendo arrumacos a la pierna de un extraño y, después de un buen roce, la persona en cuestión lee la placa de plástico que tengo alrededor del cuello y dice:

—Oh, te llamas Míster. Qué nombre tan bonito. Sí, te queda muy bien. —O una frase similar.

Entonces la persona en cuestión saca su teléfono, mira mi placa y la presiona en la pantalla del teléfono.

—Sí, hola, he encontrado un gato aquí, Míster. Es muy cariñoso. No sé si quizá lo han perdido.

A lo lejos oigo la voz de Chef.

—¿En qué calle está usted?

La persona en cuestión mira a su alrededor y le dice a Chef en qué calle estamos.

—Entonces no está perdido. Está en su propio territorio. Es que le gusta mucho la gente.

Es cierto. Me encanta la gente. Casi todo el mundo. Mientras yo les caiga bien, ellos también me caerán bien a mí. No soy difícil. Cuando no les gustan los gatos o aún no saben que les gustan, me parece un reto alentador ganarme sus corazones. Ya he convertido a muchos amantes de los perros.

Excepto el tipo de la carne del mercado. Chef lo llama «maltratador de animales» y dice que solo tiene la mitad de la capacidad cerebral del cerdo que vende troceado en el escaparate de su tienda. Ella siempre se aleja todo lo que puede de su puesto.

Chef coge un bolígrafo negro y empieza a escribir en un papel muy pequeño: NO ALIMENTAR. Mira el papel y lo corta con cuidado con unas tijeras para hacerlo aún más pequeño.

—Es que es demencial que la gente alimente a los gatos de otras personas, ¿verdad? Yo no voy repartiendo caramelos a todos los niños que me encuentro por barrio, ¿verdad?

Pienso en aquella vez en el parque cuando me atiborró de amor valiéndose de deliciosas gambas. En aquel entonces no tenía ningún problema en alimentar al gato de otra persona.

Pega un trozo de cinta adhesiva en la placa y quiere volver a ponérmela alrededor del cuello.

Giro la cabeza y trato de escapar. ¿En serio se cree que voy a ir por ahí con un mensaje que me arrebata todos los placeres? ¿No alimentar? ¿Por qué se meten en mi vida?

Me aprieta el cuerpo entre sus muslos y en unos segundos la etiqueta vuelve a mi cuello.

Maldición, ¿por qué se le dará tan bien hacer ese tipo de cosas?

—¿Te parece que este invento sobrevivirá a un chaparrón?

Me levanta y me balancea frente a la cara de Bigotito para que pueda echar un vistazo a la etiqueta.

—No —dice.

Ella se ríe.

—Sí. Joder. Eso pensaba.

Me vuelve a dejar en el suelo.

—Oooh…, pero ¿qué es ese olor? ¿Has estado comiendo pollo?

Mien sale medio adormilada de la habitación. Me da un golpecito con la cabeza. Se la lamo para que ella también pueda bañarse en el aroma a pollo.

«¿Por qué no me has traído nada?». Me mira directamente a los ojos.

«Explícame cómo puedo pasar un trozo de pollo de contrabando por delante de esta policía vegana».

Mien mira a Chef con desaliento.

Afuera está oscuro. En el abeto que hay en medio del salón del vecino hay pequeñas luces encendidas. La luz se refleja en las bolas doradas y brillantes. Mien y yo nos sentamos juntos en la valla y las miramos.

«Cuando todavía era una gatita, Chef y yo vivíamos con otro chico —dice Mien—. También habían puesto un árbol como ese en su salón y se enzarzaron en una discusión terrible cuando lo decoraron con luces».

«¿Discutieron por unas luces?». Miro a Mien.

Mien respira hondo.

«Sí, el cable estaba enredado y discutían sobre cuántas guirnaldas debía haber en el árbol y de qué color debían ser las bolas».

¡Menudas cosas por las que los humanos se pueden alterar de tal modo!

«De todas formas, discutían mucho. Era mejor que se separaran. Al principio, yo también me quedaba con él. Pero el estrés de tanto ir y venir me hizo perder la mitad del pelaje. A él no le gustaba el monstruo con la trompa. Así que me quedé con Chef».

Afortunadamente, claro. Me cuesta imaginarme a Chef con alguien que no sea mi amigo Bigotito. Parece que siempre ha estado allí, como si nuestro hogar no estuviera completo sin él.

«Me subí a él».

«¿A qué te subiste?».

«A ese árbol que les costó tanto poner. No pude controlarme. Golpeé las bolas del árbol una a una. Se hicieron añicos en el suelo. Fue muy liberador».

Mis ojos brillan.

Quizá por eso Chef nunca ha traído otro árbol a casa.

Estoy sentado en la mesa de la cocina junto al ordenador de pantalla plana. Me recuesto panza arriba y le enseño a Bigotito mi irresistible barriga.

Pero él no me ve. Sus nervios lo han vuelto ciego a todo lo que realmente importa. Lleva diez minutos viendo un vídeo de un hombre que explica cómo atarse un trozo de tela alargado alrededor del cuello. Parece incómodo. Intenta imitar al hombre con otro trozo de tela alargado en las manos. Su cara se va enrojeciendo por momentos, porque parece que no le sale bien.

—¿Cariño…?

Chef sigue dormida.

—Cariño, ¿puedes ayudarme un momento, por favor?

Chef gime. Trabajó hasta tarde anoche. Sale del dormitorio con ojitos somnolientos.

—Míster, sabes que no puedes subirte a la mesa.

Me empuja de la mesa. Acabo en la silla.

Chef no está muy alegre por la mañana. Es mejor no despertarla. Es mejor arrastrarse hasta ella en la cama caliente y esperar a que se despierte por sí sola. Eso es lo mejor para todos.

—¿Puedes hacerme el nudo de la corbata? No puedo con él.

Los ojos de Chef se abren como platos.

—Son las siete y media. ¿De verdad me despiertas para hacerte un nudo? —Ella niega con la cabeza—. ¿Por qué voy a saber cómo anudar una corbata?

Bigotito vuelve a poner el vídeo.

Chef ve el pánico en sus ojos.

—Vale, cariño.

Ella entrecierra los ojos y mira fijamente la pantalla. Le

quita el trozo de tela de las manos. Se lo cuelga del cuello. Vuelve a mirar la pantalla y dobla de forma ingeniosa los extremos uno sobre otro.

Probablemente está satisfecho con el resultado obtenido porque por fin sonríe.

Salto de la silla y me froto contra sus piernas.

—No hagas eso, Míster, o dentro de nada mi traje estará lleno de pelos.

Estresado, enrolla un rollo de papel higiénico pegajoso para quitarse el pelo de la ropa.

—¿Qué tal estoy?

Chef lo mira detenidamente, con las comisuras de la boca hacia arriba.

—Sexy. Te contrataría ahora mismo.

Ella lo besa.

Él la besa a ella.

Yo retozo entre sus piernas.

—¡Míster, mis pantalones!

Chef me levanta del suelo y me besa en la coronilla.

—¿Quieres salir?

¡Vaya pregunta! Siempre quiero salir.

Aún es temprano, pero la ciudad está despierta y la gente tiene prisa. Una sensación de desesperación se apodera de mis extremidades mientras miro al otro lado de la calle. Los vehículos pasan con estruendo. ¿Qué sádico ha decidido que mi Mesías y yo estemos separados por esta vía que hiela la sangre?

Pienso en la bolsa de plástico transparente con pollitos. Siento que se me cae la baba. Parezco un perro. Me limpio la boca con la lengua.

Un coche toca el claxon. Mi pelaje se levanta con el viento.

Irritado, me alejo de esa miserable pista de obstáculos y entro en la calle tranquila. Me siento en una baldosa, una cuadrada, de las que me gustan.

El sol de invierno brilla sobre mi cabeza.

Cierro mi ojo bueno e inhalo profundamente el aire neutro. Pienso. Tengo que pensar. ¿Hay otras rutas? ¿Hay otras posibilidades? ¿Cómo llego a la Mesías sin que me aplasten las ruedas de goma?

—Hola, gatito.

Un chico tambaleante pasa a trompicones. Pone una caja de cerveza en las baldosas de la calle y se sienta en ella. Me acaricia la cabeza.

—Estás todo torcido. —Apesta a tabaco, pero sabe cómo acariciar a un gato—. Echo de menos a mi gato. Se quedó con mis padres en Brabante. Mi habitación es demasiado pequeña. —Mira la etiqueta que llevo alrededor del cuello. Entorna los ojos—. MÍSTER. NO ALIMENTAR. —Le da por reírse.

No me des de comer… Ese maldito trozo de papel sigue pegado a mi placa.

Saca una botella de cerveza de la caja que tiene entre las piernas y la abre con un encendedor.

—Ya es de mañana, ¿eh? —Se ríe—. Maldita sea, estoy borracho. —Da un trago a la cerveza. Busca en el bolsillo de su chaqueta—. Juraría que acabo de comprar cigarrillos.

Me mira como si esperara que le respondiera. Gira los ojos hacia atrás. Su cuerpo cae al frío suelo.

—Oh, joder —empieza a reír a carcajadas.

Se da la vuelta en medio de la acera, con aspecto de gato. Un gato atrapado en un cuerpo humano larguirucho.

Me tumbo a su lado y ruedo con él.

Abre sus ojos llorosos y sonríe, mostrando los dientes. Me acaricia la barriga con los dedos.

—*I love you** —susurra.

Es maravilloso sentir el sol de la mañana con sus dedos acariciando mi pelaje. ¡Qué tío más encantador! He visto a gente hacer muchas cosas de gato en una esterilla de yoga. Pero revolcarse en el frío invierno de la calle es excepcional para un *Homo sapiens*.

—¡Zanahoria! ¿Qué coño estás haciendo?

Suena como si la persona de cuya boca salen las palabras hubiera intentado tragar una patata caliente y se le hubiera atascado en la garganta.

Miro hacia arriba. Un segundo chico, bamboleándose, se ha unido a nuestro grupo.

—Todo el mundo está esperando la cerveza, tío. —Me mira sorprendido—. ¿Ahora te ha dado por acurrucarte con este gato? Estás hecho una mierda.

Levanto la vista.

Me muevo restregándome contra la pierna de la persona que se comió la patata caliente.

Se agacha y me mira, sin tocarme. Empieza a reír a carcajadas.

—Zanahoria, tío, este es el gato más feo que he visto en mi vida.

«Gracias por eso, ¿eh? Suerte que tengo la piel gruesa».

Busca en el bolsillo de su chaqueta. Saca un manojo de llaves y un pequeño trozo de papel doblado.

Zanahoria se endereza.

El tragapatatas calientes envuelve con el papel una llave.

—Toma, esto te animará. —Le mete la llave en la nariz.

Zanahoria aspira profundamente. Parece que vuelve a fluir energía por sus venas. Debe de ser una llave mágica, porque Zanahoria se pone en pie, tambaleándose.

---

* En inglés en el original. *(N. de la T.)*.

98

Tragapatatas Calientes recoge la caja de cerveza y juntos enfilan tambaleándose la calle.

Voy con ellos.

Quizá vayan a una fiesta. Me encantan las fiestas.

Antes de que Bigotito se apoderara de ella, Chef organizaba fiestas todas las semanas. En medio de la noche, nuestra casa se llenaba de gente divertida que se dejaba caer en el sofá como si estuvieran en casa y empezaban a chupar globos. Todos siempre estaban felices de verme. Me llamaban el príncipe de los *afterhours*.

Oigo una música estruendosa en la distancia. Cada vez se escucha más cerca.

Zanahoria y Tragapatatas Calientes entran en una casa.

Esprinto tras ellos.

—Oye, feúcho, ¿vienes?

Tragapatatas Calientes me mira sorprendido. De repente me doy cuenta de que su cabeza se parece un poco a una patata que está brotando, con brotecitos blanquecinos aquí y allá.

Los sigo por las escaleras.

La música retumba en mi cuerpo. Se abre una puerta. Una nube de humo de cigarrillo me envuelve como una manta gruesa. La casa está llena de docenas de piernas bailando. El suelo está pegajoso.

Una chica histérica me levanta y me sostiene como si fuera un bebé humano.

Me mece hacia delante y hacia atrás.

Docenas de manos se deslizan por todo mi cuerpo al mismo tiempo.

Normalmente me encanta, pero ahora siento que me están manoseando.

Es demasiado.

Demasiado agobiante.

Me pican los ojos por el humo.

No fue una buena decisión.

El olor es insoportable, siento que se me revuelve el estómago.

Tengo que irme.

Me zafo de sus brazos y aterrizo en el suelo pegajoso.

Hay botellas de cerveza con colillas mojadas por todas partes. La puerta está cerrada. Una ventana de la parte delantera está entreabierta.

Salto al alféizar de la ventana. Miro hacia abajo.

La calma de la calle es invitadora.

¿Debería saltar? Quizá esté demasiado alto.

Antes de que pueda decidirme, el tragapatatas me aparta bruscamente del alféizar.

Me balancea al son de la música.

Siento que la parte inferior de mi cuerpo se balancea. Tengo náuseas. Le bufo, pero no se da cuenta. Le clavo las uñas en la parte inferior de los brazos.

Me suelta de inmediato.

Caigo al suelo pringoso.

—¡Eh, le estás haciendo daño, gilipollas! —oigo gritar a Zanahoria. Empuja a Tragapatatas Calientes.

Tragapatatas Calientes cae al suelo. Grita.

Me enderezo como puedo y me abro paso entre ese bosque de piernas. No sabía que tantísima gente pudiera caber en un espacio tan pequeño al mismo tiempo. Atravieso la rendija de una puerta y entro en una habitación llena de muebles.

Prendas de ropa en el suelo.

Me meto debajo de la cama.

Aquí hay polvo. La cama se mueve hacia arriba y hacia abajo. Cruje como si pudiera reventar en cualquier momento.

En la cama hay dos tíos jadeantes, abrazados.

Maldita sea.

¿Cómo me he metido en semejante lío?

Me deslizo hacia el otro lado de la cama. Veo cortinas ondeando al viento. Siento un soplo de aire fresco en la habitación. Ahí es donde tengo que estar. Salgo de debajo de la cama y me escondo detrás de la cortina. Me meto por la rendija de la puerta del balcón abierta.

Aire fresco.

Por fin aire fresco.

Respiro hondo. Exhalo profundamente. Inhalo profundamente.

El frío invernal me corta los pulmones.

Miro a través de la barandilla del balcón el gran y austero jardín del patio en su letargo invernal. Nunca he estado aquí antes. Aparte de un grupo de coníferas de hoja perenne, los jardines son incoloros.

No quiero estar aquí. Siento que las almohadillas bajo mis patas se pegan al suelo. Lamo la tierra con la lengua. Sabe amarga. Necesito beber agua.

Pero en el balcón solo hay cajas de cerveza apiladas con botellas vacías.

Diviso el cobertizo del pequeño jardín que tengo debajo. Salto a la barandilla del balcón. ¿Quizá pueda saltar al cobertizo desde aquí? ¿O está demasiado lejos?

Antes sí podía hacerlo, cuando era un gato estilizado y mi cabeza era simétrica. Pero ahora tengo casi once años.

Chef me dijo alguna vez que los dos primeros años de vida de un gato equivalen a los primeros veinticinco de un humano y que años después, cada año humano equivale a cuatro años de gato. En ese caso, como humano, tendría casi cincuenta y siete.

Aún tengo buen aspecto para mi edad. No tengo calvicie ni canas. No gimo ni me quejo cuando me despierto.

Oigo crujir la puerta detrás de mí.

Un ser basculante se ha levantado de la cama y, todavía en calzoncillos y con un cigarrillo en la boca, sale al balcón. ¡Pronto me cogerá y me arrastrará de vuelta al infierno!

No lo dudo ni un segundo. Soy un dios joven y ágil. Siento que mi cuerpo flota.

Las baldosas del jardín debajo de mí se acercan cada vez más.

Estiro las patas delanteras todo lo que puedo. No tengo miedo. Soy Míster, el gato que puede hacer cualquier cosa. Aprieto las patas delanteras alrededor del borde del cobertizo. Me balanceo con las patas.

Vale, quizá no parezca demasiado atractivo. Pero lo he conseguido, ¡aleluya!

Me impulso con las patas traseras y tiro de mi cuerpo hacia el cobertizo. Madre mía. Nunca hay que subestimarse. Miro el balcón desde el que he dado mi legendario salto.

El ser basculante me observa con la mirada perdida mientras chupa su cigarrillo.

Camino hacia el otro lado del cobertizo, donde hay un charco de agua. Lengüeteo el agua helada y cubierta de musgo. Para mi gran alivio, veo una puerta con barrotes anchos, a través de los cuales la libertad me llama. Salto del cobertizo.

Ya he tenido suficiente aventura por hoy. Quiero ir a casa, tumbarme junto a Mien en el alféizar de la ventana mientras el aire caliente del radiador me transporta a un mundo de ensueño lejano.

Voy a paso ligero. Mi hiperactivo pelaje aletea de un lado a otro. Estoy cansado. Muy cansado. Así que cuanto más rápido corra, más pronto estaré en casa. Huelo algo desagradable. El olor de mitad niño, mitad adulto.

Se mueve delante de mí en la acera. Se impulsa con un

pie. El otro pie descansa sobre una pequeña tabla con ruedecitas. El Maloliente es rápido.

Pero yo soy más rápido. Lo adelanto.

«¡Eh, amante de los gatos!».

Cuando me ve, se detiene de inmediato.

Quiero irme a casa, pero me resulta difícil ignorar al pobre chico.

Se agacha frente a mí. No se atreve a extender la mano. Debería saber que no le haré daño. Sus hombros son mucho más estrechos que la última vez que nuestras vidas se cruzaron. Incluso tiene una pequeña sonrisa en su rostro triste.

—¿Qué te parece mi scooter? —pregunta—. Me la compró mi madre.

Apoyo la cabeza contra el manillar. Esta cosa se presta a mi roce.

—Recibió un poco de dinero del seguro cuando papá murió. Por eso yo tengo un patinete. Y mi hermana tiene una bicicleta. Pero yo prefería un patinete. Te gusta, ¿verdad?

He visto cosas más hermosas en mi vida. Un nido con gorriones, por ejemplo. Un *gattuccino* de la Vidente magistralmente espumoso. El reflejo del sol en un reloj que se mueve por la habitación como un punto danzante. Los bordes crujientes de un huevo frito. El plumón de un pollito. El vientre de un ratón que se mueve hacia arriba y hacia abajo mientras intenta hacerme creer que está muerto. El ojo de la pluma de pavo real en un jarrón sobre el armario alto. El anillo de coral en el dedo corazón de Chef. El edredón de lino cuando sale de la lavadora en un día de primavera. Mi cuenco de comida con forma de pez. Las alas vibrantes de una mariposa. Las gotas que parecen quedarse pegadas al grifo para siempre, pero que al final se sueltan y salpican el fregadero. El viento que sopla a través de las ramas del avellano. El pequeño hueco cálido perfecto entre la barriga y las piernas recogidas de Chef cuando duerme. Hay muchas cosas que me gustan más que tu patinete, Maloliente.

Me toca la cabeza con cuidado.

—Tengo que irme, mi primo llegará pronto. —Salta a su patinete.

Por fin corro a casa.

Me regocijo con el aire caliente de la calefacción. Me estiro todo lo que puedo. Soy casi tan largo como el alféizar de la ventana. Siento el oxígeno colándose en mis músculos, la irresistible sensación de un nuevo comienzo. He dormido hasta tarde porque ya está anocheciendo. Afuera, la lluvia repiquetea contra la ventana. Pero no me importa.

Chef saca del horno unas verduras humeantes. La música está encendida.

—Ojalá tuviera un árbol de mango en mi patio trasero, contigo a mi lado…

Ella canta. Lleva cocinando y cantando sin parar desde que llegué a casa.

Aunque ni una pizca de sentido musical corre por sus venas, estos son sus mejores días. Los días en que Chef prueba en casa los platos que servirá a sus invitados en el restaurante. Cuando termine, se dejará caer cansada en el sofá y el fregadero estará lleno de platos manchados con las divinas sobras que sorberé sin que ella se dé cuenta mientras se echa una siesta.

He estado allí una vez, en el restaurante donde trabaja. Tuvimos que salir de casa Chef, Mien y yo. Bigotito aún no vivía con nosotros. Fue hace años. Nuestra casa fue de otras personas por un día. Vendrían unos veinte, había dicho unos días antes un caballero con una cabeza calva brillante mientras bebía café en la mesa de nuestra cocina. Me senté en su regazo. Podía oler por sus pantalones que era una persona de vivir al aire libre. Torpemente puso una mano en mi espalda. No estaba muy seguro de qué hacer conmigo.

—¿Quiere que se lo quite de las piernas? —preguntó Chef, que se había dado cuenta de inmediato de su incomodidad.

—No, no pasa nada. Me gusta mucho. —Me acarició la cabeza con sus grandes manos callosas—. Hemos alquilado la peluquería como zona de espera para vestuario y maquillaje. El monitor también se colocará allí ante el director, de lo contrario, aquí estará demasiado apretado.

Todo sonaba muy interesante.

—Este es el contrato. Mire, una cantidad de mil doscientos euros por el día de rodaje. El departamento artístico llega a las cinco de la mañana. Así que tendrás que irte para entonces; y los gatos también.

Dijo esas últimas palabras con cierta duda en la voz, como si tuviera miedo de que ella no estuviera de acuerdo con esto.

Pero Chef no dudó ni un instante. Había estado durmiendo mal en aquel tiempo. Algo relacionado con el sobre azul que había estado en la encimera durante unas semanas. Cuando lo abrió, pude oler el pánico en su sudor.

—No hay problema. ¿Puede transferir el dinero rápidamente, para no tener que esperar semanas?

—No hay problema. Devolveremos tu casa mañana a las nueve de la noche y me aseguraré de que el pago se realice en el plazo de una semana —asintió.

Ojalá hubiese podido quedarme. Me hubiera encantado refrotarme entre todas esas piernas desconocidas.

Pero a la mañana siguiente, o en realidad todavía en medio de la noche, Chef nos metió a Mien y a mí en dos jaulas portátiles para gatos.

Un coche vino a recogernos y nos llevó hasta el otro lado de la ciudad. Lejos de mi territorio.

Mien maulló durante todo el camino. A Mien no le gustan las aventuras. A mí sí.

—Mirad, queridos amigos, aquí es donde trabajo. Aquí es donde estoy todas las noches cuando no me encuentro en casa. —Chef abrió las puertas de nuestras celdas.

Mien se quedó pegada a la toalla del fondo.

Yo me puse a investigar de inmediato.

Olía a docenas de especias diferentes. Había un armario lleno de frascos de cristal con verduras en conserva. Había unas veinte mesas. Las sillas olían a un ir y venir de gente.

—Hoy es cuando cerramos. Así que nos quedaremos aquí todo el día.

Chef se sirvió una taza de té y sacó una esterilla de goma plegable de la gran bolsa que había traído. Tenía un enchufe. Cuando lo enchufó, el aparato hizo un ruido bestial. El artilugio se infló hasta convertirse en una enorme cama.

—Que durmáis bien, queridos míos.

Después de olfatear cada rincón del restaurante me tumbé en el colchón inflado junto a ella, haciendo la cucharita, como todas las noches.

Una hora más tarde nos despertó bruscamente el ruido de unas cacerolas.

Mien había atrapado un ratón.

Después de eso, nunca volvimos allí.

La mesa está cubierta por la vajilla, bolsas de papel con verduras y un cuaderno en el que Chef garabatea con un bolígrafo. Mira pensativa el fregadero de la cocina. Mete el dedo en una sustancia blanca y cremosa. Vuelve a su cuaderno y de nuevo garabatea en él.

En medio de la mesa hay un extraño tarro de cristal. Ya lo había visto en el armario de arriba hace unos días. El notable vapor de olor agrio me había llamado la atención de inmediato.

Cuando Chef regresa a la encimera de la cocina, salto silenciosamente del alféizar de la ventana a la mesa. El tarro está lleno de agua marrón. Ahora por fin puedo echar un vistazo más de cerca.

Un organismo vivo flota en la parte superior. Consiste en finas capas que han crecido juntas. Un hongo monstruoso, húmedo y gigantesco. Me gustaría meter la pata para despertarlo. Me gustaría frotar mi nariz contra ese hongo antiestético para analizar ese olor peculiar. Pero el tarro está cubierto con un trozo de tela bien estirada y una goma.

Se abre la puerta principal y entra Bigotito. Trae consigo una bocanada de aire frío. Descienden gotas de agua de su cabello. Deja una bolsa mojada sobre la mesa a mi lado.

—¡Eres el mejor! —grita Chef por encima de la música sin levantar la vista de la encimera de la cocina. Está jugando con unas pinzas sobre dos platos diminutos.

Bigotito cuelga su abrigo empapado sobre una silla y se quita del cuello el largo trozo de tela ingeniosamente anudado. Empieza a sacar las cosas de la bolsa.

—¿Cómo ha ido? —pregunta Chef mientras sigue jugueteando con la bolsa, concentrada.

—Creo que lo tengo todo. Alcachofas de Jerusalén…

Se da la vuelta y se aleja del mostrador.

—Me refiero a tu entrevista de trabajo, tonto.

Él se encoge de hombros.

—Creo que ha ido bien.

La mirada de Chef se cruza con la mía.

—¡Míster! ¡Los gatos no pueden subirse a la mesa! ¡Fuera!

Me mantengo estoico. Ese es uno de mis muchos talentos.

Enojada, se acerca a mí y me levanta de la mesa. Intenta ser estricta, pero no puede resistirse a besarme la cabeza antes de volver a ponerme en el alféizar de la ventana. Puedo hacer cualquier cosa: ella me quiere haga lo que haga.

—El de la verdulería dijo que esto son alcachofas de Jerusalén. —Bigotito sostiene en alto algo monstruoso.

—Eso es totalmente correcto.

Chef también le da un beso en la cara mojada a Bigotito.

Le muestra el resto de su botín.

—Shiitake y shiro miso. La mujer de la tienda ecológica dijo que esto es lo mismo que el miso blanco.

Chef frunce los labios.

—Correcto de nuevo. ¿Te había dicho alguna vez que eres el mejor?

Ahora es su brillante bigote rubio el que se riza. La rodea con los brazos.

—¿Qué habrá en el nuevo menú, Chef?

Chef se libera de sus brazos y le sirve un plato de comida.

—De entrante, remolacha asada sobre lecho de crema de anacardos fermentados, coronada con naranja sanguina, aceite de estragón y mijo tostado.

Bigotito se sienta a la mesa.

—Voy a servirlo con kombucha de arándanos y tomillo, pero necesita fermentar una segunda vez.

Bigotito da un bocado. Gime de placer.

Salto a su regazo e intento acercar la cabeza al plato. Pero Bigotito lo sostiene tan alto que no puedo alcanzarlo.

—Esto está delicioso. Por eso estoy saliendo contigo.

Chef prueba de su propio plato.

—¿Solo por eso?

Me deja lamer la crema de anacardos de su dedo.

—Y porque tienes unos gatos muy divertidos, claro.

El sol de finales de invierno me da en la espalda.

Estoy sentado en mi baldosa, que todavía está mojada por la lluvia. Pero no me molesta. Soy feliz. Tengo muchos amigos. Sé dónde conseguir los mejores aperitivos, aunque los mejores aperitivos están separados de mí por una carretera que me hiela la sangre. Pero no me puedo quejar. Tengo unos compañeros de piso encantadores y una cama grande. Mi cabeza está torcida, pero me queda bien. Respiro hondo y me tiendo en el suelo. Ruedo por las frías y húmedas baldosas.

El modesto sol me acaricia la barriga.

No me gustaría cambiarme por nadie. Lo único que haría mi vida más hermosa es un par de alas para poder volar. No tiene por qué ser lejos: cinco metros sería suficiente, solo para poder sobrevolar la carretera hacia mi Mesías. Llevo sentado en ese punto unos minutos otra vez.

Por un momento, el tráfico en la carretera pareció detenerse.

Salté.

Una bicicleta con ruedas ridículamente grandes apareció de repente en mi punto ciego.

El corazón me dio un vuelco. Di la vuelta y volví corriendo al mismo lugar. Tengo que dejarlo pasar.

Aun así, es una pena que los gatos nazcamos sin alas. Nos habrían resultado muy útiles para llegar a los nidos de los pájaros.

«Baldosas sucias y mojadas, ¿eh?».

Abro los ojos y miro directamente a la cabeza simétrica de Luisito.

Su pelaje luce radiante, como si se frotara con aceite de pescado todas las mañanas.

Me giro y me pongo boca arriba.

«¿Adivina qué me ha regalado mi humana?».

No tengo ganas de comunicarme con él ahora mismo y mucho menos de adivinar qué le han regalado.

La luz de su collar está parpadeando.

«¿Un collar nuevo?», sugiero.

«¡No, ese ya lo tenía! Inténtalo otra vez», niega con la cabeza.

Me quedo en silencio.

«Me han dado una habitación propia —dice Luisito con orgullo—. Con mi propia cama. Una preciosa cama de bambú, forrada con lino lavado. Quepo perfectamente y cuando me despierto después de una siesta, huelo a suavizante. Huélelo».

Me empuja el pelaje contra la nariz. Tiene razón, huele de maravilla. Una cama de lino lavado en la que cabe perfectamente. Suena celestial.

«Y han cubierto la habitación con papel pintado con cientos de pajaritos. Así que ahora solo sueño con pájaros. Mi humana me quiere mucho. Si no, no haría esto por mí, claro».

No sé muy bien por qué, pero tengo ganas de darle un zarpazo en la cabeza. De arañarle, rápido como el rayo, su naricita perfecta. Me controlo. Soy un gato civilizado.

—¡Luisote!

Levanta la vista.

Su humana se acerca desde el otro lado del parque. Nos saluda balanceándose con la mano y camina muy despacio en nuestra dirección.

—¡Luisito! ¡La cena! —Agita una bolsa de croquetas.

«¡Hasta luego, Míster! ¿Por qué no vienes a ver mi habitación algún día? Sabes dónde vivo, ¿no?». Luisito empieza a correr.

Aprieto los ojos. Ni de coña voy a ir a mirar su extravagante habitación. Soy Míster. No me gustaría cambiarme por nadie. Me deslizo sobre las baldosas, pero de repente ya no las siento tan agradables. Me levanto. Oigo un susurro en los arbustos. Aguzo el oído. Me concentro. Veo una cola larga y fina asomando por debajo de las hojas. Me agacho… listo para arrancar. Corro tan rápido como puedo.

La rata está muerta de miedo y huye entre los arbustos.

Encuentro un recipiente de plástico con migas de patatas fritas y una gruesa mancha de mayonesa. Gracias, rata. Lamo la mayonesa hasta que el recipiente queda impecable.

Quizá la mayonesa sea la cosa más deliciosa del mundo.

No puedo dormir. La inquietud se apodera de mis patas. Me libero de los pesados brazos de Chef.

Mien ronca ruidosamente entre los grandes pies de Bigotito.

Lamo su cabecita añeja.

Está sumida en un sueño tan profundo que no se despierta.

Miro fijamente la luna redonda a través de la rendija entre las cortinas. Salto de la cama y empujo mi cuerpo a través de la gatera hacia el jardín trasero. Dejo mi olor en el abeto que Bigotito ha comprado en el mercado esta tarde. Quiso que lo acompañara.

Primero bebimos un café con leche en la Vidente y luego compramos una conífera en la floristería. Bigotito dudó durante largo rato entre elegir un árbol vivo con sus raíces y tierra o uno moribundo cuyo tronco había sido cercenado de sus raíces y clavado en una cruz de madera. Por suerte, eligió el vivo. «Luego lo plantaremos de nuevo en un bosque después de Navidad», le había dicho a Chef cuando le mostró el árbol en el pequeño jardín interior esa noche.

Había luces encendidas que había pasado por las ramas espinosas, maldiciendo todo el tiempo.

—Tengo otra sorpresa… Lo he conseguido —dijo con orgullo.

Chef estaba excepcionalmente alegre. Dijo que estaba orgullosa de él y le dio un beso.

Todavía no sé qué había logrado exactamente. Pero debió de ser algo muy especial, porque sacaron los frágiles vasos con pata del armario de la vajilla y abrieron una botella, haciendo volar el corcho por los aires… para gran deleite de Mien, que jugó con el tapón con entusiasmo gatuno hasta casi quedarse sin aliento. Tal vez por eso ronca de esa forma, exhausta.

Trepo por la valla baja junto al abeto.

Esta noche hay más criaturas con patas inquietas.

El Lanzador de Huesos está fumando un cigarrillo en su balcón. Sus ojos empiezan a brillar cuando me ve. Hurga en la papelera del balcón. Probablemente ha olvidado nuestro incidente, porque me invita a subir a su balcón y me lanza una pata de pollo roída.

No queda mucha carne, pero la lamo hasta que el hueso ya no desprende ningún sabor. Me alegro de que me haya perdonado. Miro la luna llena.

Chef siempre está muy atenta a que me quede dentro de casa en las noches de luna llena. Una vez leyó en un artículo de periódico que unos investigadores estadounidenses habían descubierto que muchos más perros y gatos se lesionan y acaban en el veterinario en luna llena que durante el resto del mes.

No estoy preocupado. Soy Míster. Soy sensato y presto mucha atención. Incluso cuando la inquietud se apodera de mis patas.

Mi mirada se dirige a una ventana al otro lado del patio, junto a las ramas fantasmagóricas y desnudas del magnolio.

En medio de la noche, una mujer está frotando las ventanas con un trapo. Es una visión extraña. Está fregando como si su vida dependiera de ello.

Puedo oler comida quemada. Sigo mi olfato por encima de la valla desvencijada hasta la casa en ruinas donde la pintura se está desprendiendo de los marcos de las ventanas.

La ventana está medio abierta. Sale humo blanco.

El chico, normalmente atontado, agita un paño de cocina para dispersar el humo blanco sobre una sartén que contiene un sándwich negro. «No, no, no», dice mientras tira la sartén y su contenido al fregadero. Abre el grifo, creando una gigantesca nube de vapor blanco.

Asomo la cabeza por la rendija de la ventana.

Él grita:

—¡Míster, me has dado un susto de muerte! —Al parecer, tiene mala conciencia. Como siempre, no puede resistirse a mi intensa mirada. Me deja entrar.

Después de una buena sesión de mimos, consigo seducirlo para que me deje salir por la puerta principal.

La noche pertenece a las ratas y a los gatos. Pero aquí, en la ciudad, la gente prefiere mantener a sus gatos en casa por la noche. Las ratas, por otro lado, se escabullen por las alcantarillas, los arbustos y el subsuelo con la esperanza de llenar sus estómagos.

Camino por el parque, paso por el centro comunitario, a lo largo del ancho canal donde no querría caer por nada del mundo… Salgo de mi territorio hacia la transitada carretera, que parece irreal en su silencio.

Los raíles que cortan la calle por la mitad brillan a la luz de la luna.

Todo lo que puedo oír es el viento golpeando el agua del canal. Respiro hondo el aire de la noche.

Este es el momento.

Nada puede detenerme.

Aguzo el oído.

Ni coches ni motos ni bicicletas.

Vuelvo a mirar bien.

Chef seguro que no tiene razón con su teoría de la luna llena.

Nada…

Nadaaa…

¡Me voy!

¡Me voy!

¡Corro!

Parpadeo una vez y ¡ya estoy al otro lado de la calle! A salvo, en la acera. Ileso. Completamente ileso. ¡Lo conseguí! ¡Lo logré! Después de todos estos días de mirar desconsolado al otro lado de la calle, ¡ahora he llegado allí sin rasguñarme el pelaje! Paso emocionado junto a los sauces llorones. Veo a los patas largas durmiendo en las ramas superiores del árbol, con sus mortíferos picos metidos profundamente entre sus plumas.

Gracias a Dios que no son nocturnos. Es todo un milagro que puedan dormir de pie sin caerse del árbol.

Por todas partes reina la oscuridad tras las ventanas, pero la luz está encendida en la casa de la esquina, la de mi Mesías. Sus cortinas están abiertas de par en par.

Es un animal nocturno, como yo.

Lo sabía. Lo sentía.

Tiene piernas inquietas, como yo. Estamos conectados telepáticamente.

Oigo la música reverberando en un murmullo sordo a través de las ventanas. Me pongo de pie sobre mis patas traseras y apoyo las delanteras en el alféizar de su ventana. La veo bailar por la habitación con una guirnalda brillante. Del tipo que la mayoría de su especie utiliza para decorar coníferas.

Enrolla su viejo cuerpo dentro y fuera de la guirnalda, la hace flotar por la habitación, con sus brazos ondeantes. Tarda un momento en verme. Pero entonces libera la guirnalda de sus manos y se precipita hacia la ventana. Me la abre.

—Cariño, ¿dónde has estado?

Salto dentro.

Me levanta y me aprieta con fuerza contra su viejo y frágil cuerpo.

—Te he echado mucho de menos. ¿Por qué has llegado tan tarde a casa? Por eso no podía dormir. —Me besa en la coronilla y me deja en el suelo.

Cierra la ventana y se dirige a una gran caja vieja que hay en medio del salón. Está llena de bolas polvorientas, guirnaldas, luces y otros adornos. Saca un trozo de tela pequeño y puntiagudo. De la punta flexible cuelga una bola blanca y lanosa. Me cubre con el trozo de tela la cabeza. Mis orejas sobresalen por dos agujeros. Me lo ata debajo de la barbilla con un trozo de cuerda.

Intento quitármelo, pero no puedo. Me recuerda al vendaje con el que me envolvieron la cabeza durante semanas después de mi accidente. Me pica.

—Mi pequeño Papá Noel. ¡Qué guapo estás! —Me levanta para que pueda mirarme en el espejo.

Parezco un completo idiota.

Pero a mi Mesías le encanta. Esta noche está feliz. Es una polilla.

—Oh, Moortje, ¿te acuerdas de cuando te cosí este gorrito? Para la foto de Navidad. También hice uno para mí y otro para Bruno. —Empieza a rebuscar en el gran baúl.

Con aquel absurdo chirimbolo en la cabeza camino hacia la cocina. Me siento frente al refrigerador y maúllo.

—¡Mira! Encontré el mío.

Tiene en la cabeza el mismo tipo de cosa que yo, pero un poco más grande.

Dejo caer mi cuerpo contra la puerta del refrigerador y maúllo de nuevo.

—Oh, debes de estar muerto de hambre. —Por fin ha pillado mi indirecta. Abre el congelador y saca un pollito muy frío—. Este todavía tiene que descongelarse un poco. —Lo mete en un armario chiquito y cierra la puerta de cristal.

Salto a la encimera para poder verlo más de cerca.

Ella no me obliga a bajar. Pulsa un botón, se enciende una luz y el armarito empieza a zumbar.

Hipnotizado, observo al pollito girar en círculos mientras yace inmóvil en una bandeja redonda de cristal. Es un espectáculo impresionante. Las plumas se están volviendo suaves poco a poco. Veo cómo la escarcha se derrite de su cuerpecito. Tarda una eternidad, pero es hermoso. Siento la baba resbalar por mi barbilla.

¡Clic! La luz del armarito mágico se apaga.

La Mesías pone el platillo frente a mí.

Puedo comer en la encimera de la cocina. En casa nunca me dejan subir a la encimera.

El sol se eleva tímidamente. Cae una lluvia ligera. La luz gris de la mañana ilumina la habitación.

La Mesías se ha quedado dormida en el sofá con la cabeza apoyada en el reposabrazos. Lleva horas dormitando. El conejillo de Indias se ha deslizado hasta la mitad de su cabeza.

Salto al reposabrazos y husmeo a ese animalillo. Huele a pies humanos que se desprenden de las zapatillas al final de un día sofocante. Huele a corteza de queso azul que ha estado pudriéndose bajo tierra durante un tiempo. Un olor fétido pero irresistible. Empujo mi pata contra el conejillo de Indias.

Se me pega a las uñas.

Alejo la pata y el conejillo de Indias cae al suelo. Salto tras él e intento atraparlo.

No se mueve.

Le doy un golpe y vuela por la habitación. Corro tras él. Lo agarro. Me pongo boca arriba y le doy una patada a la bola de pelo con las patas traseras. Es como si estuviera vivo. Sé que no es verdad. Es un juego. Un juego maravilloso. Hacía mucho tiempo que no me absorbía tanto un juego.

Cuando era un gatito esto era el pan de cada día. J dedicó muchas horas de su vida a entretenerme. Hoy en día, mi deseo de este tipo de diversión es esporádico. De vez en cuando golpeo un cordón peludo que Chef agita delante de mi nariz. «Vamos, Míster, juega un poco. Es bueno que hagas ejercicio», me dice. Pero me aburro después de unos cuantos zarpazos.

La lucecita roja, en cambio, es más irresistible. Me frustra no poder llegar nunca a ella.

Pero este conejillo de Indias saltando por el aire entre mis patas es muy entretenido.

De repente, la Mesías está de pie en la cocina.

Corro tras ella.

¡Bang! Se oye un fuerte petardazo.

Ella se encoge, el corazón me late en la garganta. Vino de afuera. Otro de esos estúpidos e inútiles pasatiempos humanos. Es el primer estruendo del año. Durante la semana siguiente habrá más, hasta que una noche los estruendos y destellos se acumulen en una cacofonía infinita que aterrorizará a cualquier animal.

Yo no tengo miedo. Soy Míster. Oigo jadear a la Mesías. Me froto contra sus piernas. Siento su corazón latiendo en sus gruesas venas.

«No tengas miedo. Estoy contigo».

Ella cae de rodillas y me agarra por la cabeza. Sus pequeños y redondos ojos me miran con miedo.

—Ten cuidado. Cuando suenan los bombazos, la gente atrapa gatos para venderlos como liebres de tejado*. Ilegalmente. No está permitido, pero sucede. Lo he visto con mis propios ojos.

Liebre. Así es como Mien solía llamarme antes.

Intento calmar a la Mesías restregando mi cabeza contra sus manos.

—La gente tiene hambre. Comen cualquier cosa. Bulbos de flores, liebres de tejado…

Se levanta con dificultad y camina hasta el fregadero de la cocina. Unta mantequilla en un bollo de pasas y lo corta por la mitad. Lo divide en dos platos pequeños y los coloca en la pequeña mesa de la cocina. Se sienta a la mesa, junta las manos y cierra los ojos. Susurra:

—*Vater Unser im Himmel, geheiligt werde dein Name. Dein Reich komme. Dein Wille geschehe, wie im Himmel, so auf Erden…***

Salto a la silla de enfrente y lamo la mantequilla de mi bollo de pasas.

Ella abre los ojos.

—¡Ese es para Bruno! —Me quita el plato—. Gato malo.

La miro directamente a los ojos. Estaba bastante seguro de que había puesto ese plato para mí. Porque a Bruno no lo he visto por ningún sitio.

---

    * El término utilizado es *dakhaas* es un eufemismo para aludir al gato doméstico convertido en alimento, cuyo sabor parece ser similar al del conejo. Una expresión típica en los Países Bajos de los años cuarenta, o los años del hambre, como los llama la Mesías. Comparte cierto trasfondo semántico con la liebre del refrán español «Dar gato por liebre». *(N. de la T.).*

    ** En alemán en el original: «Padre nuestro, que estás en los cielos, santificado sea tu nombre. Venga a nosotros tu reino. Hágase tu voluntad, así en la tierra como en el cielo…». *(N. de la T.).*

—Bruno debería haber llegado a casa hace mucho. —Recoge los platos de la mesa y los vuelve a poner en la encimera—. ¿Qué tal estoy? —Camina hacia el pasillo y se mira en el espejo. Se sobresalta y empieza a gritar—. ¡Me he quedado sin pelo!

Salto de la silla, corro hacia el pasillo y miro al conejillo de Indias, que está medio metido debajo del armario. Le doy una palmadita en las patas.

Está inconsolable. Corre gritando por el pasillo. Por la sala de estar. Va al dormitorio. El cuarto húmedo donde el grifo gotea. Sigue corriendo en círculos.

Salté a la encimera de la cocina y lamí la mantequilla de los bollos de pasas. Salada y grasienta.

—¡Aaaaah… aquí! —grita desde la sala de estar.

Veo cómo levanta al conejillo de Indias del suelo y se lo coloca en la cabeza.

Se mira en el espejo del pasillo. Le da forma al conejillo de Indias. Abre la puerta principal.

—¡Bruno! —Sale—. Bruno, ¿dónde estás?

La puerta se cierra.

Corro hacia el pasillo. Araño con la pata la puerta, pero está bien cerrada. Oigo su voz en la calle.

—¡Bruno! ¡Bruno! —Salto al alféizar de la ventana del salón y la veo salir.

Se sienta en el banco junto al agua. Sus hombros experimentan sacudidas.

Dos manos frías desatan la cuerda que tengo debajo de la barbilla. Por fin me libero de ese tocado ridículo. Anduve por la casa de la Mesías con esa cosa que me producía picor en la cabeza durante media noche y un día entero.

La miré fijamente durante horas a través de la ventana

mientras permanecía sentada en el banco en medio del frío invierno.

La gente pasaba a toda prisa junto a ella como si no existiera. Como si fuera invisible. A la gente se le da bien ignorarse.

Los patas largas seguían acercándosele para preguntar por los pollitos. Pero ella no tenía pollitos. Estaban dentro, detrás de la puerta que ya no se volvía a abrir.

Lo había intentado varias veces, pero el cerrojo se había cerrado sin piedad. Mientras ella permanecía ahí, simplemente sentada.

Cuando el deslucido sol de invierno parecía ponerse en el canal, una mujer se bajó de su bicicleta. Su rostro redondo estaba preocupado. En la mano llevaba una bolsa llena de compras.

Me preguntaba qué había en ella. Quizá un pescado en un recipiente de plástico o finas lonchas de pollo prensado. Pensé que era de ese tipo de persona. O un poco de queso de cabra blando. Probablemente le gustaría sobre un lecho de lechuga, calentado en el horno con miel pegajosa por encima.

La mujer se había arrodillado ante la Mesías. Le había puesto las manos en el regazo. Estaban hablando.

No podía oír a través del cristal.

La mujer metió la mano en el bolsillo del abrigo y le mostró a la Mesías un juego de llaves.

Esperaba que dejara que mi Mesías oliera una llave, como había hecho Tragapatatas Calientes con Zanahoria. Pero no fue así.

Mirar las llaves tuvo un efecto, porque al final la Mesías se levantó con gran dificultad. Tenía los músculos rígidos por estar sentada tanto tiempo a la intemperie. Parecía diez años mayor que cuando había estado bailando de forma frenética durante la noche.

La mujer la ayudó a levantarse. Llevó a la Mesías a casa del brazo.

Oí la llave en la cerradura.

La voz de la mujer sonaba cálida. Puso a la Mesías en el sofá, la envolvió en la gruesa manta de la cama y le preparó una taza de agua humeante.

Olí a fondo la repleta bolsa de plástico. Nada de pescado, nada de pollo, nada de queso de cabra. Una bolsa llena de verduras y patatas. *Boring**. Quizá ella también era vegana, como Chef.

—¡Hay un gato en tu casa con un gorro de Papá Noel!

La Mesías no respondió. Era como si el frío se hubiera tragado su voz.

La presunta vegana se agachó y me dejó oler sus dedos fríos. Olía a jabón.

—Ven aquí, animalito. Te quitaré ese cachivache de la cabeza.

Liberación. Fue una sensación maravillosa. Me lamí la pata delantera y me unté un poco de saliva en la cabeza.

La mujer me dio unas palmaditas firmes debajo de la barbilla y miró la etiqueta de mi collar.

—Míster. No alimentar.

¡Oh, por favor, ese demencial trozo de papel seguía ahí! Había intentado con todas mis fuerzas rascarlo contra la valla de Luisito, contra la pata del banco frente al centro comunitario, contra los postes de hierro del columpio del parque infantil. Me dolía el cuello. Al parecer, en vano.

La supuesta vegana miró inquisitivamente a la Mesías.

—Tiene un número. ¿Debería llamar?

La Mesías levantó la vista. Me estudió de la cabeza a los pies.

* En inglés en el original. *(N. de la T.)*.

—¿A quién vas a llamar?

—A los dueños de este gato, de Míster.

La Mesías empezó a sonreír.

—¿Se llama Míster?

La mujer asintió.

—Dale un pollito del congelador.

La mujer arqueó las cejas.

—Puaj, Anna. Y pone «No alimentar» en su collar.

Anna. Llamó Anna a la Mesías. Un nombre tan corriente no encajaba con ella.

—Los llamaré, ¿vale?

La Mesías asintió.

La mujer estudió la etiqueta de mi collar y tocó la pantalla de su teléfono. Se dirigió a la cocina.

La seguí y me senté frente al refrigerador. Maullé.

Pero ella no entendió mis insinuaciones.

—Sí, hola. Soy Shivani. Llamo porque creo que mi vecina tiene a su gato en casa.

Oí la voz de Chef a lo lejos, dejó escapar un suspiro de alivio.

Shivani empezó a susurrar.

—Mi vecina a veces está un poco confusa. Así que no sé cuánto tiempo lleva aquí.

Oí la respuesta de Chef, pero no pude entender las palabras.

—Calle Elisabeth Wolff. La casa está al lado del muelle Kostverloren.

Caminé desde la cocina hasta la sala de estar.

Chef vendría a buscarme enseguida y entonces la Mesías se quedaría sola con su conejillo de Indias otra vez. Se la veía diminuta en el sofá. Solo su cabeza sobresalía de debajo de la gruesa manta. Su pequeña nariz goteaba.

Salté al lugar donde creía que estaría más o menos su regazo. Di tres vueltas, haciendo que la manta formara una pequeña cueva alrededor de mi cuerpo. Sentí la manita de la Mesías en mi cabeza.

—Bien, chico. Bien.

Shivani entró en la sala de estar.

—Vive al otro extremo de la calle De Clerq, cerca del mercado. Ha caminado mucho para ser un gato.

La Mesías me acarició la cabeza.

—Van a venir a buscarlo.

—Te voy a echar de menos —susurró la Mesías cerca de mi oído.

El olor de la grasa hirviendo entra en el dormitorio a través de los orificios de ventilación situados sobre las ventanas.

Chef se ha levantado más temprano de lo que suele. Ha hecho una masa con trozos de manzana y pasas y ahora está de pie en el jardín lanzando bolas de masa líquida a una sartén con grasa hirviendo.

La observo desde la cama.

Tiene las mejillas rojas. Su rebelde cabello asilvestrado está oculto bajo un gran gorro que le cubre la mitad de la cara. Lleva un suéter grueso con manchas de pintura.

Bigotito y Chef me han tenido encerrado durante unos días por culpa de los petardos. Cada día tiran más.

Lucy lleva días llorando bajo las mesas del bar. Puedo oír su llanto a través de las paredes. Mien se ha escondido debajo de la cama.

Soy Míster, no tengo miedo, pero cada intento de escapar se ve frustrado de raíz.

Chef y Bigotito han estado funcionando como un equipo perfectamente sincronizado estos últimos días. Cuando llegan a casa, Bigotito es el primero en poner el pie en la puerta principal. Detrás de él, Chef siempre está en cuclillas, como ese personajillo que se encuentra frente a la gran red en los partidos de fútbol que a Bigotito le encanta ver. Solo una vez logré escurrirme como una anguila entre sus pantorrillas, y acabé atrapado entre sus manos, veloces como el rayo.

El único aire fresco que he podido respirar en los últimos días es el del patio mortalmente aburrido.

El holgazán que vive detrás de los marcos de las ventanas en ruinas ya no me deja entrar en su casa, así que tampoco puedo salir a la calle por la puerta principal. Por mucho que lo mire fijamente a través de la ventana de su cocina.

—Lo siento, Míster. Ha venido tu dueña. Ya no puedo dejarte salir a la calle —me dijo.

«Dueña. Dueña. Dueña. De verdad que vosotros no entendéis nada».

El aburrimiento te hace sentir cansado y apático. Estos últimos días los paso sobre todo en la cama o en el cálido mar de aire que emite la estufa debajo del alféizar de la ventana. Simplemente me quedo ahí. Sueño mucho. A menudo con la Mesías.

Mien vive en un estado permanente de estrés. Su pelaje se está cayendo y, para empeorar las cosas, Bigotito deja que el monstruo con trompa se trague el pelo de Mien sin cesar. Esto estresa todavía más a la pequeña pelirroja, y hace que pierda aún más pelaje.

—Hoy es el último día del año —dijo Chef esta mañana—. En el nuevo año, todo será diferente —me susurró al oído mientras me abrazaba en la cama—. Puedo sentirlo. Lo sé.

No sé a qué se refería con eso. ¿Acaso no está bien tal y

como está? ¿Por qué iba a tener que ser diferente? Pero por el tono de su voz, me di cuenta de que aludía a algo bueno. Algo que espera con ilusión, y por eso me despertó curiosidad.

Incluso me había comprado un regalo. Sacó un pequeño paquete de papel de su mesita de noche.

Lo olfateé. Olía a papel, papel y nada más que papel. Claramente no contenía comida. Meneé la cola de forma inequívoca para expresar mi irritación y salté de la cama.

—Míster, no huyas —chilló Chef, decepcionada.

Bigotito se rio.

—¿No te parece gracioso? Lo que le haría feliz es un gorrión muerto.

«¿Un gorrión muerto?». Rápidamente salté de nuevo a la cama y olfateé el paquete otra vez. Mi corazón latía con emoción. «¿Un gorrión adulto? ¿O un pequeño y jugoso polluelo?». Respiré hondo. Busqué el penetrante olor de la muerte.

Pero el único olor era el del papel. Empecé a dudar de la capacidad de mi sentido del olfato.

Chef abrió el trozo de papel... Me mostró con orgullo un collar nuevo con un colgante redondo y brillante.

Miré en el trozo de papel rasgado... Vacío. No había ni rastro de un gorrión muerto. ¿Por qué dijo eso Bigotito? Me sentí completamente engañado. Me bajé de la cama de nuevo. Entré en la sala de estar y salté sobre la encimera de la cocina.

—¡En la encimera no, Míster! —gritó Chef.

Miré el vaso de té medio lleno. Un golpe y se haría añicos en el suelo. Eso les haría espabilar.

Pero antes de que pudiera mover la pata, Chef me levantó del mostrador de la cocina. Se sentó en el suelo y me rodeó con sus piernas. Me desabrochó el viejo collar y me puso el nuevo.

—Mira qué elegante, Míster. —Mi número está grabado en la parte de atrás. «Míster» y «No alimentar» en la parte delantera.

¡No alimentar! ¡Qué regalo de mierda! Hubiera preferido un tarro de mayonesa. Qué payasa es esta chica.

A través de la ventana veo a Chef sacando las primeras bolas de masa doradas de la grasa caliente. Las pone en una fuente con papel de cocina.

Tengo que echar un vistazo más de cerca. Salto de la cama y sigo a Bigotito por la puerta trasera hasta el patio.

—Mira, cariño. Vino caliente.

Chef lo mira sorprendida.

—Son las once.

—Es Nochevieja.

—Sí, precisamente por eso. Tengo que quedarme despierta hasta tarde.

—Apenas tiene alcohol. Está caliente, ¿verdad?

Chef no puede evitar reírse.

—¿Crees que no te emborracharás con vino caliente?

—No con solo un vaso.

—¿Solo has preparado un vaso?

Bigotito hace una mueca.

—¿Tú qué crees?

Me pongo de pie sobre mis patas traseras para ver mejor las bolas de masa que Chef ha colocado en la mesa que ha improvisado especialmente para hoy.

Las bolas huelen dulce. Lo dulce no es lo mío. Salado, ácido, graso, umami. Esos son los sabores que me gustan.

Chef da un sorbo al vino caliente.

Bigotito quiere coger una bola de masa. Se quema los dedos y retira la mano. Rodea con sus brazos a Chef. La besa en el cuello mientras esta vierte con cuidado una nueva cucharada de masa en la grasa.

Chisporrotea. Le sigue una segunda, una tercera, una cuarta.

Luego ella toma otro sorbo del vino humeante.

—Estaba pensando… —comienza. Hay duda en su voz—. Quizá no deberíamos beber más alcohol por un tiempo después de esta noche.

—¿Por qué no?

Coge el teléfono y lee en la pantalla:

—El alcohol es malo para los óvulos de las mujeres y el esperma de los hombres. Reduce la fertilidad en hombres y mujeres. Esto puede hacer que tardes más en quedarte embarazada. La fertilidad puede reducirse con solo un vaso de alcohol al día. Si bebes más, el riesgo aumenta.

Bigotito traga saliva.

—¿Quién bebe solo un vaso?

—Ahora escucha, aún no he terminado —dice ella con severidad—. Los hombres que beben con regularidad más de veinte vasos a la semana pueden tener problemas de erección. Esto hace que tener hijos sea más difícil.

Bigotito se ríe a carcajadas.

—¿Problemas de erección? ¿De verdad crees que tendría problemas de erección? Ojalá tuviera un problema de erección de vez en cuando, me ahorraría mucho tiempo. —La besa en el cuello de nuevo—. Tócalo, no hay problema de erecciones por aquí.

Ella lo empuja irritada.

—Estoy a punto de cumplir treinta y cuatro.

Él la atrae hacia sí y la besa en la cara.

—Lo sé, cariño. A pesar de lo que creas, me lo tomo en serio, ¿sabes? No más alcohol a partir de esta noche. Me volcaré en la producción de superesperma.

El calor del cuerpo de Chef penetra profundamente en mi pelaje.

Oigo un fuerte estruendo. Me aprieta con fuerza contra ella. Me siento seguro en su abrigo. Los petardos son desagradables, pero no siento miedo. Soy Míster. Miro por encima de su cuello.

Un grupo de niños pequeños corre delante de nosotros por la calle.

—¡Eh! ¡Alto! —grita Bigotito mientras levanta el gran ·cuenco lleno de bolas grasientas en sus manos para que los niños no puedan chocar con ellas—. ¿Queréis un *oliebol**?

Los niños se detienen.

—¡Sí, señor!

Bigotito les tiende el cuenco.

—Aún no soy un señor, ¿sabéis?

—¿Entonces qué es usted?

—Tú.

—¿Usted es yo?

—No, que me tratéis de tú y no de usted.

—Vale.

Los niños se meten una bola gorda en la boca como si no hubieran comido en días.

Vamos ofreciendo estas cosas a todo el mundo. Hemos estado bastante rato con las vecinitas, con los dueños de Lucy, con el Acróbata, que respiraba con dificultad por culpa del ambiente cargado por los petardos. Los niños de enfrente se comieron tres cada uno. También habían vuelto a crecer.

Todos están contentos con las bolas doradas, gordas y dul-

---

* Dulce redondo muy similar al buñuelo, pero de mayor tamaño, y elaborado con los mismos ingredientes. *(N. de la T.).*

ces de Chef. Pero, por supuesto, están aún más contentos de verme. Me echaban de menos en la calle estos últimos días. La mujer de enfrente incluso había estado algo preocupada.

—Con todos esos petardos de la semana pasada prefería que se quedara dentro. Imagina que mordiese un trozo de un petardo tirado por ahí pensando que es algo sabroso. —Chef está tan preocupada que cree que soy un completo idiota.

La perdono y entierro la nariz profundamente en su jersey. Huele a ella. Un olor familiar y dulce. El olor de mi amiga.

Me besa en la coronilla.

Oigo coches, el ruido del tranvía, los neumáticos de las bicicletas sobre el asfalto. Y un timbre que suena y un irritado:

—¡Mira por dónde vas, zorra!

Me asomo por encima del cuello de la chaqueta de Chef. Veo cómo un ciclista casi choca con una mujer con un cochecito de bebé.

—¡Feliz Año Nuevo a ti también, gilipollas! —le grita ella.

Ante nosotros se extiende la aterradora carretera.

Bigotito va delante de nosotros. Chef lo sigue deprisa. Cruzamos la calle.

Meto la cabeza en el jersey de Chef. Aquí estoy a salvo.

—Todo recto, junto al agua —le dice Chef a Bigotito—. Es la casa de la esquina, por allí, junto al banco.

Saco la cabeza de nuevo por debajo de su cuello y veo que se acerca a la casa de la Mesías. ¡Santo cielo! ¡Vamos a ver a la Mesías! ¡Vamos a ver a mi amiga! La he echado de menos.

—¿Es esta puerta?

—Sí, la del timbre de abajo.

Bigotito equilibra hábilmente el cuenco de bolas grasientas en una mano mientras presiona un botón redondo con la otra.

Hay un momento de silencio. Veo la dulce y redonda

cabeza de la Mesías asomándose entre sus cortinas. Mi corazón se acelera al ver sus brillantes ojitos.

Bigotito vuelve a llamar al timbre.

Oigo sus piececitos arrastrarse por la grasienta alfombra del pasillo. Entreabre la puerta principal.

—Buenas tardes, señora, somos los dueños de Míster, este gato… —Chef me empuja un poco hacia arriba— que se alojó recientemente con usted.

La puerta se abre un poco más y el rostro de la mujer se relaja al ver mi cabeza asomando por el abrigo de Chef.

—Mi amiguito. Lo siento, no sabía que era suyo. —Se dirige hacia nosotros. Su minúscula y vieja mano se acerca a mi cabeza y da vueltas entre mi pelaje.

Noto que mi garganta vibra.

—No pasa nada, señora —dice Chef—. Su vecina me llamó y lo recogí aquí. ¿Se acuerda?

La Mesías asiente.

Puedo ver en sus diminutos ojos que no tiene ni idea de lo que habla Chef.

—Aquí estás, mi amiguito. Te he extrañado.

«Yo también».

—Estaba preocupada. Tenía miedo de que te hubieran convertido en liebre de tejado.

—¿Liebre de tejado? —pregunta Chef.

La Mesías mira a su alrededor un instante y luego comienza a susurrar.

—Es por culpa de aquel horrible Invierno del Hambre. Capturaban gatos y los vendían como si fueran liebres. Muertos. Listos para comer. Es terrible. Tienes que cuidarlo bien. Mantenlo cerca de ti y no lo dejes salir.

Chef asiente.

Siento escalofríos recorriendo mi cuerpo. Liebre de tejado. No quiero convertirme nunca en una liebre de tejado.

—Eso haré, señora. Ahora no puede ir fuera por los petardos.

—¿Le gustan los *oliebollen*, señora? —Bigotito le ofrece el cuenco de bolas dulces a la Mesías.

Sus pequeños ojos redondos empiezan a brillar.

—Oh, sí, deliciosos. Bruno siempre horneaba *oliebollen* en Nochevieja. Está muerto.

—Qué triste oír eso, señora.

La mano de la Mesías se mueve de mi cabeza al cuenco de bolas. Coge una y le da un mordisco.

—Deliciosa. —Mastica deprisa y chasquea los labios. Come incluso más rápido que los chicos jóvenes.

—Hay trozos de manzana… y pasas, por supuesto. Las he frito esta mañana, están superfrescas. Las estamos repartiendo por el barrio a todos los amigos de Míster. Si trae un plato de la cocina puede quedarse algunas para más tarde…

Incluso antes de que Chef acabara la frase, la Mesías ya estaba corriendo con sus viejas piernas hacia la cocina.

Puedo oír el zumbido de su nevera. El sonido del pequeño compartimento de arriba donde guarda los pollitos. Puedo sentir la saliva resbalando por mi lengua. Intento liberarme, pero Chef me tiene bien agarrado.

—No, cariño. Hoy no vas a entrar. En otro momento, ¿vale? —me susurra suavemente al oído.

La Mesías regresa con un plato grande. Empieza a pasar las bolas grasientas del cuenco de Bigotito al plato.

—Tenemos de sobra, tome.

—Comeré muchas. A Bruno le encantan las *oliebollen*. Se las come de una sentada. Él también está gordo, ¿sabes? —Empieza a reírse.

Bigotito busca la mirada de Chef.

—¿Bruno? —dice con cautela.

—Sí, mi marido. Llegará a casa pronto.

Bigotito mira a Chef. Sus ojos dicen cosas que no puede expresar.

—Asegúrese de que me deja algunos *oliebollen* para mí, señora —dice.

No pueden evitar reírse, Bigotito y la Mesías.

Ha colocado al menos ocho bolas de masa en su plato. Las mira con intensa felicidad.

Chef le da un trozo de papel.

—Este es mi número de teléfono. Si Míster viene a visitarla de nuevo, ¿podría llamarme, por favor? Así sabré dónde está y no tendré que preocuparme. —La Mesías coge la nota—. También puede llamarme para otras cosas, ya sabe. Si necesita ayuda con algo o si quiere hablar.

La Mesías da un paso hacia nosotros.

Siento que Chef se sobresalta un poco por lo mucho que se acerca. La Mesías arrima sus arrugados labios a mi cabeza.

Giro todo lo rápido que puedo. Maúllo. «Un pollito. ¡Quiero uno de esos deliciosos pollitos dorados, amiga! Será mejor que me dejes aquí, Chef». Intento liberarme. «Solo un momento, Chef. Déjame entrar unos minutos. Ahora mismo vuelvo. ¡Deja que me vaya!».

—Hasta pronto, amigo.

Chef me aprieta aún más.

—Feliz Año Nuevo.

—Igualmente, chicos, y gracias por las *oliebollen*. —La Mesías cierra la puerta.

Chef se da la vuelta.

Siento un nudo en la garganta. La cabeza me da vueltas. Nadie me ha entendido. Siento que mi corazón se oscurece.

Esto no va bien. Por el rabillo del ojo veo que los patas largas del muelle empiezan a moverse de repente. Me estremezco. No me hacía falta más que eso. Vienen volando hacia nosotros. Se me eriza el pelo.

—¡Esperad! ¡Esperad! —La voz de la Mesías resuena en las frías piedras.

Chef se detiene. Se gira.

Mi Mesías está de pie en la puerta. Una bolsa transparente llena de pollitos dorados divinos cuelga de su mano.

Chef y Bigotito caminan de vuelta hacia la puerta.

Nos alcanzan las aves de patas largas que se reúnen frente a la puerta de la Mesías. Sus largos cuellos se mueven hacia arriba y hacia abajo. Sus plumas grises se mueven con una suave brisa.

Veo cómo la Mesías lanza polluelos en dirección al muelle. Siento cómo Chef tiembla. Veo cómo los animales de patas largas corren como buitres enloquecidos tras los polluelos que les ha arrojado. Sus cuellos se mueven en todas direcciones.

La Mesías empuja la bolsa transparente hacia las manos de Bigotito.

—Rápido, escóndelos bajo tu abrigo para que las garzas no puedan verlos. Si no, te perseguirán. —Desconcertado, Bigotito mira la bolsa que sostiene en las manos.

—Rápido, debajo del abrigo. Si no, te seguirán a todas partes.

«¡Vamos, lentorro! Escucha a la Mesías, la vieja atesora mucha sabiduría».

Bigotito esconde vacilante la bolsa bajo su abrigo.

—Son para el gato, ¿eh? No te los comas tú. —La Mesías se ríe a carcajadas. Chef no.

—Y continúa caminando rápido antes de que las garzas se den cuenta.

—Gracias, señora —dice Bigotito, ligeramente confundido, mientras comienza a moverse.

Chef y Bigotito caminan deprisa hacia la concurrida calle. Miran a izquierda y derecha y cruzan a gran velocidad. Se les da bien eso. Sin dudarlo, saben exactamente cuándo acelerar o reducir la velocidad.

—¿Mel…? Dime que lo he visto mal y que no llevas una bolsa de pollitos muertos debajo del abrigo.

—Me temo que lo has visto bien.

Hemos llegado sanos y salvos al otro lado. Bigotito saca la bolsa de debajo del abrigo con expresión de asco.

Cuento tres pollitos a través del plástico transparente. Se me hace la boca agua. Intento zafarme de los brazos de Chef.

—Me siento un poco mareada —dice ella—. Qué visión tan horrible.

—Esa mujer es increíble, ¿verdad?

—Patética. Me parece muy triste. Está completamente confundida.

Bigotito mira la bolsa que tiene en la mano.

—¿Cómo los habrá conseguido?

Mi estómago ruge.

—Ni idea.

Mi cuerpo pide a gritos la irresistible delicia que cuelga de la mano de Bigotito. ¿Cómo pueden hacerme esto? ¿Cómo pueden ser tan sádicos?

Intento zafarme con todas mis fuerzas.

—¿Te acuerdas cuando estuvo castigado —pregunta Chef— porque tenía un pollito en la boca? Debe de habérselo dado ella.

«¡Claro! ¡Ahora ya lo sabes! No soy un asesino. ¡Me habéis acusado falsamente! ¡Soltadme!». Le doy una patada en las tetas a Chef con mis patas traseras.

Mis uñas atraviesan la tela de su suéter.

—¡Ay! ¡Me estás haciendo daño, Míster! —Asustada, me suelta.

Como una anguila escurridiza, me deslizo entre su jersey y su abrigo. Siento los fríos adoquines bajo mis patas. Corro hacia Bigotito. Maúllo con todas mis fuerzas. Grito a pleno pulmón. «¡Por favor, por favor, por favor, dame uno de esos deliciosos pollitos!».

—Quiere uno —dice Bigotito.

—No, ni en broma.

Me pongo en pie sobre mis patas traseras e intento quitarle la bolsa de las manos a Bigotito con mis patas delanteras.

—Parece que está poseído. ¡Cálmate, Míster! —Bigotito coloca el cuenco de *oliebollen* encima de un contador eléctrico. Con expresión de asco abre la bolsa. Huelo el irresistible aroma de la muerte.

Sin tocar ni un solo pollito con las manos saca uno de la bolsa y lo deja en el suelo.

Hundo los dientes en la carne blanda. Fría, pero ya no congelada. Temperatura perfecta.

Siento los huesos pequeños crujiendo entre mis dientes. Los jugos corren por mi barbilla. Divino.

—¡Nooo, qué asco! ¡Qué repugnante! —grita Chef.

Lamo y relamo los jugos de mi barbilla.

—¡Dios mío!

Me levanta. No cerca de su cuerpo como hace normalmente, sino con los brazos estirados lo más lejos posible de ella. Como al bebé Simba, me lleva colgando hasta su casa.

No me resisto. Saboreo el regusto de la explosión de umami en el paladar. ¡Qué día tan maravilloso!

En la puerta principal me sostiene contra su costado con un brazo debajo de mis patas delanteras. Con la otra mano introduce la llave en la cerradura. Entra. Bigotito quiere seguirnos adentro.

Pero Chef lo detiene.

—Nada de animales muertos en mi espacio seguro.

—Pero ¿qué hago con esa bolsa?

—Para empezar, no entres con ella en mi casa.

—Nuestra casa, Chef. Ahora es nuestra casa. Los tiraré al contenedor.

«¡No! ¡No! ¡¡¡No!!!».

—No, entonces habrán muerto en vano.

«Exacto. Me los comeré fuera». Intento zafarme.

—Llévaselos a esas garzas.

«¡No! ¡No! ¡¡¡Nooooo!!!».

La puerta se cierra en mis narices.

Chef me deposita en el suelo.

Miro a través de la pequeña ventana de la puerta principal y veo a Bigotito alejarse por la calle. Tengo un regusto amargo en la boca.

El viento helado me raspa las orejas. Silba ente las casas. Camino por la calle.

Los pájaros están en silencio. Permanecen acurrucados bajo las tejas del tejado. Algunos se han ido de vacaciones a climas más cálidos. Son aves afortunadas.

Corro tras una hoja perdida, marrón y marchita. Cuando la golpeo con la pata, se deshace.

Ayer unos monstruos gigantes con cepillos redondos y giratorios barrían las calles. Los hombres los seguían con escobas y bolsas de basura. Mien y yo observábamos desde la seguridad de nuestros cálidos alféizares.

Mien por fin empieza a mejorar. Los estallidos han cesado por completo desde ayer.

Hace dos noches, durante el pico de los estallidos y las deslumbrantes fuentes de luz, me acosté debajo de la cama junto a Mien. No porque estuviera realmente asustado. Soy Míster, no le tengo miedo a nada. No, lo hice por ella. Para ayudarla a pasar la noche.

Al día siguiente, la calle estaba llena de cartones y papeles rotos.

—¿Por qué esos idiotas que sienten la necesidad de lanzar fuegos artificiales no limpian nunca la porquería que dejan?

En los últimos años, Chef se ha ido enfadando cada vez más con los de su especie. Estaba muy contenta de que el monstruo de la limpieza de calles hubiera pasado por ahí.

Y por fin se me permitió salir de nuevo.

Cuando llegué a la calle esperaba que el invierno hubiera terminado. Que pudiera oler la primavera. ¿Por qué el invierno siempre parece mucho más largo que las otras estaciones? La calle está muy tranquila. Como si la humanidad estuviera hibernando.

Al final de la calle veo la silueta de un gato. Cierro los ojos con fuerza y respiro hondo. Puedo oler a Luisito.

Está sentado completamente quieto junto al banco frente al centro comunitario.

Camino hacia él.

Tiene los hombros caídos, al igual que la cabeza. Se queda mirando sus lindas patitas delanteras blancas. Parece triste.

No lo reconozco. En cierto modo, es un alivio que también tenga un lado oscuro. Cuando me acerco, levanta la vista. Su cabeza simétrica parece mustia.

No viene corriendo hacia mí como suele hacer.

«Oye, Luisito, ¿estás bien?».

«Es horrible». Mueve la cabeza.

«¿Qué es horrible?».

«Hay un monstruo en mi cama».

«¿Una especie de monstruo con una trompa muy larga que se traga todo?».

«No».

«¿Un monstruo grande con los cepillos redondos?».

«No. Un monstruo humano...».

No estoy muy seguro de lo que quiere decir Luisito.

«Hace unos días, mi humana de larga cabellera empezó a mugir como una vaca. Se balanceó hacia adelante y hacia atrás durante horas. Gemía y gemía. Mi humano de pelo corto le frotó la espalda, le preparó un té e intentó mantenerla tranquila. Puso una pequeña piscina en medio del salón. La llenó de agua caliente y se sentaron juntos en ella. Ella estaba desnuda del todo y él llevaba un pequeño y brillante bañador negro. En medio de la noche, una mujer que no habíamos visto nunca entró en nuestra casa. Ni siquiera me saludó. No me vio. Como si fuera invisible. Todo fue muy extraño. Los gemidos y suspiros duraron una eternidad. Tenía miedo de que muriera mi humana de pelo largo. De repente empezó a oler raro. La bañera se llenó de un líquido hediondo. Mi humana empezó a gritar y a llorar cada vez más fuerte, y finalmente sacó un monstruo del agujero entre sus piernas. Se deslizó hacia la piscina. El monstruo estaba atado a mi humana de pelo largo con una cuerda de carne. Mi humano de pelo corto cortó la cuerda de carne con unas tijeras. No paraban de llorar y reír, lloraban y reían, todo al mismo tiempo. Como si estuvieran psicóticos. Aterrador. Ahora ese monstruo lleva tres días en mi cama. Ya no se me permite entrar. Ya no puedo entrar en mi habitación. Ese monstruo asqueroso se ha apoderado de mi espacio. Me ha destruido por completo».

Lamo a Luisito en su cabeza simétrica. Lo siento por él y no se me ocurre nada que decir.

Luisito suspira. «Apenas duermen. Vagan por la casa como zombis. Tienen los ojos vacíos y rodeados de ojeras. Se pasan el día entero sirviendo al monstruo. La criatura ni siquiera sabe ir al baño. Caga en pañales desechables que tiran a una papelera especial. Huele fatal. Mi vida era tan maravillosa, poderosamente bella, y ahora…, ahora…». A Luisito se le acaban las palabras. Mira al cielo con apatía.

Le rozo con la cabeza. Pobrecito. Me quedo con él hasta que el cielo se oscurece.

Luego, con el rabo entre las patas, regresa a su casa, que ya no es su hogar.

Cristales de hielo caen del cielo en forma de canosos copos. Todo está blanco: la acera, los coches, las bicicletas aparcadas en hilera, los contenedores subterráneos para residuos.

Mien y yo lo observamos desde el alféizar de la ventana.

Aún es temprano. La calle está tranquila.

Oigo la cisterna del retrete. Salto del alféizar de la ventana y me lanzo contra las piernas de Chef, maullando.

Pone pienso en nuestros cuencos.

—¡Mel, está nevando! —Su voz suena infantilmente feliz.

Bigotito sale del dormitorio gimiendo.

Juntos miran por la ventana.

—Hermoso, ¿verdad?

—Mágico.

—Sí. Mágico.

Hundo la pata en la nieve. Siento el frío húmedo bajo las almohadillas. Me sumerjo en la sustancia húmeda y suave hasta las axilas. Es una experiencia irreal.

«¡Te vas a empapar!». Mien me mira con pánico desde el felpudo. Esa cobardica se quedará dentro, por supuesto.

Ha pasado mucho tiempo desde la última vez que me revolqué en la nieve. Fue cuando todavía vivía con J. En los jardines interiores. Había estado atrapando copos de nieve todo el día hasta que ya no pude más. En los años siguientes, a veces había nieve, pero nunca una capa tan gruesa como hoy. Siento la dopamina bombeando mi cuerpo.

—¿Vienes, Míster? —Chef se sorprende.

«Claro que voy. Ya me conoces, ¿no?».

—Qué gato tan excepcional tengo. —Cierra la puerta.

El pelo de mi barriga absorbe el agua helada. No me gusta mucho mojarme, pero ahora es diferente. La calle está preciosa, como si hubiera aterrizado en otro universo. Todos los olores están amortiguados. Todos los sonidos son absorbidos por los copos de nieve. Solo oigo el crujido de la nieve al ser aplastada bajo las grandes botas de Bigotito.

Araña la nieve con las manos y forma una bola, que lanza a la cabeza de Chef, que grita y ríe al mismo tiempo. Ella también hace una bola, pero falla. No se le da bien.

Él le lanza tres bolas seguidas.

—¡Piedad! ¡Piedad! —Ella lo empuja hacia la nieve.

Les da por reírse.

Él la besa.

Ella lo besa.

Me doy la vuelta sobre mi espalda en la nieve y miro el cielo gris. Miles de nubecitas se precipitan hacia mí. Intento atraparlas con las patas, pero se derriten antes de que pueda agarrarlas.

Chef mira con gesto crítico las dos descomunales bolas de nieve apiladas una encima de la otra.

—¡Todavía le falta la nariz!

La Vidente ha salido con una zanahoria en la mano.

Chef se ríe. Camina pesadamente por la nieve y le quita la zanahoria a la Vidente.

—Gracias. ¿Puedo pedir un café ahora mismo? En un rato entramos.

La Vidente asiente. Me mira.

Tiemblo. De repente siento frío.

Ella me abre la puerta.

—¡Míster va a entrar primero!

«Gracias, sabelotodo».

—¡Genial!

Intento lamerme la humedad del pelo. Pero es demasiado.

La Vidente se acerca a mí y me seca con una toalla.

Le restriego mi cabeza.

Es muy dulce. No habla, pero con sus acciones me dice que está loca por mí.

Salto sobre la cálida piel de oveja frente a la ventana.

Chef y Bigotito han metido la zanahoria en la cabeza del muñeco de nieve. Dos niños vienen corriendo con palos que clavan en el cuerpo a modo de brazos. Miran el resultado final con satisfacción. Es algo antiestético. Pero ellos no lo ven. Están felices y contentos.

La Vidente me pone un *gattuccino* en la mesa.

Yo también estoy feliz y contento.

—¿No es esa tu señora de los pollitos? —Chef me toca en un costado.

Me despierto de mi semisueño. Bigotito se ha bebido deprisa su café y se ha ido. De lo contrario, llegaría tarde, dijo. Desde hace semanas sale de casa temprano cada mañana con ese largo trozo de tela atado al cuello. No sé exactamente qué va a hacer, pero se percibe muy adulto, le escuché decir a Chef.

—¿Así que ahora sí que te has convertido en un caballero?

—Eso parece, ¿verdad?

Miro hacia fuera.

Allí está la Mesías caminando despacio sobre la nieve, con los hombros encogidos.

Chef tiene razón.

—No lleva abrigo ni nada. —Chef se acerca a la Vidente y pasa su tarjeta mágica por el pequeño dispositivo de la barra—. Una vez más no me has cobrado el *gattuccino*.

—Nunca lo haré. Míster es de la casa.

Chef sonríe.

Me dirijo hacia la puerta.

—Vamos, Míster, vamos a ver cómo está tu loca amiga.

Sigo a Chef fuera de la cafetería, sobre la nieve.

—¡Señora, señora!

La Mesías no oye a Chef.

—¡Señora…!

Maúllo.

La Mesías se da la vuelta y mira a Chef con sorpresa.

Dice:

—Soy la dueña de su amigo Míster.

La Mesías está temblando. Sus ojos están vidriosos.

—Le llevé unos *oliebollen* hace unas semanas, ¿lo recuerda? En Nochevieja.

Las comisuras de la boca de la Mesías se curvan.

—Me encantan los *oliebollen*.

—Sí, lo sé.

La Mesías me mira. Sus ojitos empiezan a brillar.

—Hola, amiguito. —Cae sobre sus rodillas, temblando, y me tiende sus dedos azules.

Los acojo en la palma de mi mano. Huelo su bolso a cuadros, que ha dejado un rastro en la nieve. No huelo nada. Está vacío.

¿O es la nieve la que me engaña?

—Ah, querido, quieres un pollito, ¿verdad? Ya se los he dado a las garzas. Esas pobres criaturas tenían hambre.

Siempre esos malditos animales de mala muerte.

La Mesías se sienta y mira la calle blanca y desnuda donde normalmente se encuentran los puestos. Sus manos comienzan a temblar.

—¿Tiene frío? —pregunta Chef.

—He venido a comprar algo. Pero no encuentro el mercado.

—¿Ha olvidado el abrigo?

—Sí. Tengo frío.

De repente empieza a llorar. Como a veces veo hacer a los niños pequeños en el portabebés. De forma grotesca, con mucho ruido y moviendo los hombros hacia las orejas.

Chef no sabe qué hacer. Vacila un momento y luego se quita el abrigo. Se lo cuelga a la Mesías sobre los hombros.

Es tan pequeña que parece ahogarse dentro de él.

—No tengo nada de comer en casa y ahora el mercado ha desaparecido.

Chef intenta dar un poco de calor a la Mesías. Parece incómoda.

Aprieto mi cuerpo contra las pantorrillas mojadas de la Mesías.

—Ay, señora… —dice Chef—. No se preocupe. Tengo la nevera llena de comida.

La Mesías deja de llorar.

—Vivo cerca. Le haré una buena sopa de guisantes caliente.

—¿Sopa de guisantes? —La Mesías mira a Chef con la vista nublada.

—Sopa de guisantes.

—¿*Erbsensuppe*?*

—Sí. *Erbsensuppe*, señora.

Los ojos de la Mesías se iluminan.

---

* En alemán en el original. *(N. de la T.)*.

—Pase… —Chef mantiene la puerta abierta para que la Mesías pase.

Ella entra con cuidado detrás de Chef en nuestra casa. Se sacude la nieve de los zapatos en el felpudo. Sus medias transparentes están empapadas hasta la mitad de las pantorrillas. Está temblando.

Salto al alféizar de la ventana.

«Ven y siéntate a mi lado, amiga mía. Aquí hace calor».

Me acaricia la cabeza mientras mira vacilante alrededor de la habitación. Es una visión extraña, la Mesías en mi casa. No me cuadra. Parece fuera de lugar entre los muebles y las chucherías de Chef.

—¿Por qué no se sienta en el alféizar de la ventana, donde se está más caliente? ¿Quiere una taza de té?

La Mesías asiente.

Chef llena el hervidor de agua.

—¡Oooh, tienes un gatito más! —La Mesías se arrodilla y le tiende la mano a Mien.

Esta no le tiene miedo ni es tímida. Huele los dedos azules.

La Mesías le rasca la barbilla a Mien, justo como a ella le gusta.

—Qué cara más dulce.

—Se llama Mien.

—¿Mien?

—Sí, suelo llamarla Mientje. —Chef saca un bol de la nevera y vierte el contenido en una sartén—. Cuando cumplí dieciocho años, mi abuela me dio cien euros. Tenía que comprar algo bonito con ellos, algo que realmente quisiera. En aquel entonces vivía en una casa okupa aquí en Ámsterdam y echaba de menos tener un gato. Crecí con gatos. Así que llevé los cien euros al refugio y volví a casa con un gran gato.

»Se llamaba Föhn. No paraba de morder y arañar. Los cuidadores del refugio estaban llenos de arañazos. Un gato inmanejable. Estaba tan traumatizado que le bufaba a todo el mundo. Por eso lo llamaban Föhn*.

La Mesías la mira con gesto interrogante.

—Un secador de pelo también sopla. Cuando está encendido. Lo sé, es algo rebuscado, pero pensé que Föhn era un nombre gracioso, así que lo dejé así. —Chef remueve la sartén—. Pero mi abuela se llevó una gran decepción cuando supo que había comprado un gato con su dinero. Esperaba que comprara un collar o un anillo. Algo que pudiera llevar siempre. Mi madre le explicó que ninguna joya tendría tanto valor para mí como un gato. Conseguí ganarme la confianza de Föhn. Se convirtió en un gatito muy dulce. Dormía en mi cama. En posición de cucharita... Y a mi abuela le encantaba.

Pensé que yo era especial. Pero vaya, al parecer, Chef había estado haciendo la cucharita con otro gato antes.

La tetera empieza a silbar.

Odio ese sonido. Me atraviesa los huesos y la médula.

Chef apaga el fuego y vierte el agua caliente en dos tazas grandes.

—Después de unos años, me di cuenta de que Föhn estaba solo. Así que quise buscarle un amigo. Me enteré por rumores aquí y allá de que había una granja refugio donde tenían una gatita que nadie quería, porque nació con una cola demasiado corta. —Chef pone una taza de agua humeante sobre la mesa.

---

* En holandés, *Föhn*, palabra de origen alemán, significa «secador de pelo». En alemán es el nombre de un viento cálido y seco típico de la zona del Tirol. *(N. de la T.)*.

La Mesías examina la cola de Mien, que lo nota y no le resulta agradable.

—Oh, sí, que es extraño. Hace una especie de curva, como si le estuviera creciendo un dedo en el trasero en lugar de una cola. —La Mesías se ríe.

A Mien no le parece tan gracioso y se retira al dormitorio, enfurruñada.

La Mesías finalmente se sienta a mi lado en el amplio alféizar de la ventana. Coloca su mano helada sobre mi cabeza.

Chef vuelve a remover la olla.

—Cuando fui a recoger a la gatita a la granja, mi madre me llamó. Tenía que ir a ver a mi abuela porque iba a morir pronto. Miré a la gatita y advertí que el dibujo de su frente formaba una M. Decidí llamarla Mien, como mi abuela. Llevé a Mien, la gata, a mi abuela Mien en su lecho de muerte y le dije que esta gata llevaría su nombre y que ella estaría conmigo durante los próximos años… en forma de gata. Ya no podía hablar, pero sus ojos brillaban. Creo que le gustó. Murió unas horas después.

La Mesías se ha desprendido de los zapatos y se levanta del alféizar de la ventana. Intenta quitarse los pantis transparentes. Le llegan hasta el trasero. Se ha subido la falda y está de pie en ropa interior en nuestra habitación, luchando por quitarse los pantis.

Chef coge dos cuencos humeantes del mostrador y quiere ponerlos sobre la mesa. Se sorprende al ver a la Mesías medio desnuda.

—Ah, ¿se le han mojado las medias? —Pone los cuencos sobre la mesa, azorada, y se dirige al baño—. Le traeré una toalla.

Chef regresa con algunas cosas.

—Una toalla, calcetines calientes y unos pantalones de chándal. —Le entrega las cosas a la Mesías—. Y un bol de *Erbsensuppe*. Eso le hará entrar en calor enseguida.

Es una convergencia milagrosa de acontecimientos, la Mesías con los grandes pantalones de Chef. Sus aromas se funden.

La Mesías sorbe la sopa con deleite. Tiene hambre.

Me pregunto si se cuida bien. Chef también, me doy cuenta por su mirada preocupada.

—¿Tiene algún familiar que viva cerca? —pregunta Chef.

La Mesías levanta la vista de la sopa, sorprendida.

—¿Yo?

—Sí, usted...

—No. Están todos muertos.

—¿No tiene hijos?

—No. Nunca pudimos tenerlos.

—Oh, lo siento. Lo siento mucho.

—Ya no me duele. He seguido adelante. Pero en el pasado...

—No tiene por qué hablar de ello.

—... era como si mi dolor me arrastrara por las baldosas de la calle.

Chef traga saliva. Chef tiene miedo de ese dolor, de esos adoquines. Se hace un silencio durante un rato. Ese silencio es incómodo para Chef. Quiere decir algo, pero no puede; el nudo en la garganta se interpone a sus palabras.

La Mesías no se molesta por el silencio. Está centrada en la sopa.

—Mmm. Deliciosa. Eres una buena cocinera.

—Soy chef.

—¿Chef?

—Sí, cocinera.

—Ah, cocinera.

—Tengo algunos tazones de sopa en el congelador. Se los daré para que se los lleve a casa.

La Mesías levanta la vista alegremente. Sus mejillas se están coloreando, sus dedos ya no están azules. El calor vuelve a fluir por su pequeño y viejo cuerpo.

—¿Y si nunca lo logramos y me quedo sola algún día, como ella? —dice Chef.

—Me tienes a mí, ¿no? —dice Bigotito.

—Pero… ¿y si te mueres antes?

—Tienes siete años más que yo.

—Pero llevas un estilo de vida poco saludable.

—Ya no. Ahora que como tu comida, he ganado otros siete años.

—Las mujeres viven de media tres años más que los hombres.

—Vale, entonces comeré tres años más con semillas de chía y patatas moradas.

Chef no puede evitar reírse.

—Con algas, tofu y setas shiitake todos los días deberías sobrevivirme.—Ella se ríe de nuevo y se acurruca junto a él en el sofá.

Me subo a su regazo.

Los tres formamos un puzle perfecto.

—No he bebido nada desde hace casi cuatro semanas —dice Bigotito.

—Estoy orgullosa de ti.

—Díselo a mis amigos.

Me acaricia la cabeza.

—Estoy cultivando semillas superpoderosas. Va a funcionar de verdad. Solo llevamos cuatro meses intentándolo.

—¿Crees que soy impaciente?

—Sí.

Ella se ríe suavemente.

Sus manos se entrelazan. Sus pequeños dedos entre sus largos dedos.

Pongo mi cabeza encima de ellos.

Mien salta al sofá y empuja su torpe cuerpo entre nosotros. Empieza a masajear la cadera de Chef. Mien no encaja bien en el rompecabezas.

Todos lo sabemos, pero nadie lo dice.

Siento que el sueño se apodera de mi cuerpo. Ha sido un día ajetreado.

Cuando la Mesías terminó su sopa, Chef y yo la acompañamos a su casa. Todavía llevaba los pantalones grandes y una de las chaquetas de Chef.

La nieve ya se había quedado aplastada por pies y neumáticos. El frío helador había hecho que todo estuviera escurridizo. Tuve que usar mis uñas para evitar resbalar.

Chef arrastraba por el hielo, con una mano, la bolsa a cuadros llena de recipientes de comida, pan y chocolate vegano y la Mesías colgaba de su otro brazo.

Se deslizaba por las calles con sus resbaladizos zapatos. Sus ojos brillaban de felicidad. No tenía miedo de caerse. Disfrutaba deslizándose.

Toda la nieve de la carretera principal se había derretido y convertido en una papilla grisácea. Los coches circulaban despacio y la gente se paraba con cara amable cuando queríamos cruzar la calle. El primer día de nieve hace feliz a la gente, como el primer día de primavera.

Chef entró. Era extraño ver a Chef en la casa de la Mesías. No encajaba en ese interior tan nostálgico.

La Mesías rebuscó en un armario de la cocina. Sacó una pequeña lata y la abrió.

—Venga, otra más. —Empujó la lata hacia la cara de Chef.

—No, gracias.

—¿Estás a dieta?

—Soy vegana.

—No estoy familiarizada con esa dieta.

—No es una dieta.

—Tienes un trasero grande, pero no estás gorda por la parte de arriba.

—Sí, es verdad.

—Solo toma una. Una galleta no hará que tu trasero sea más grande.

—De verdad que no quiero, gracias.

—Bueno, entonces me la comeré yo.

La Mesías se metió la galleta enterita en la boca. Mientras masticaba abrió el congelador y sacó un pollito congelado de la bolsa. Lo puso en el armario mágico de la encimera, que lo descongeló.

Chef lo pasó mal, pero se guardó para sí sus comentarios veganos. No se atrevía a ser completamente ella misma con la Mesías.

Me comí el pollito lo más rápido que pude, de espaldas a Chef, para que no cambiara de opinión de repente.

—¿Puedo preguntar dónde consigues esos pollitos? —preguntó Chef.

—En la tienda de mascotas de la plaza Bellamy, por supuesto.

¿La plaza Bellamy? ¿Podría ser la plaza con la piscina infantil? Ahí es donde vive Luna, la gata de la tienda de mascotas. Luna es una preciosa gata negra, con un pelaje grueso y suave. Soy el único gato al que Luna deja entrar ahí. Está enamorada de mí. Me lame en la coronilla. A veces se queda mirando a nuestra casa a través de la ventanita de nuestra puerta principal. Cuando Mien la ve, empieza a gruñir. No sabía que vendían pollos en la tienda de Luna. Quizá Luna se come un pollo cada día, quizá por eso su pelaje brilla tanto.

—Son gallos. No ponen huevos. Son inútiles.

Chef tragó saliva.

—Es muy bueno para los gatos. Cualquiera de esos pollos lo tiene todo. A él también le gusta, ¿sabes? —Su rostro se iluminó mientras me masajeaba la cabeza con los nudillos.

—Qué pena para esos pollos, ¿eh? —intentó apostillar Chef.

Pero la Mesías no la escuchó. Se tumbó en el sofá.

—Ahora tienes que irte. Estoy cansada.

Aunque sabía que había comido un animal muerto, Chef me abrazó con fuerza mientras íbamos a casa.

Ahora la luna está llena. Su luz brilla con fuerza en el interior. El edredón que cubre mi cuerpo es cálido.

El vientre de Chef es aún más cálido. Su vientre brilla.

Me acurruco contra ella. Mi espalda contra su cuerpo.

Respira con calma. Duerme profundamente. ¿Cómo puede dormir tan profundamente mientras sus genes y los de Bigotito se fusionan en su cuerpo para crear una nueva vida? ¿Cómo puede dormir toda la noche mientras su sueño se hace realidad después de meses de esfuerzo?

Siento que el corazón me late en la garganta.

Todo está cambiando. Todo está cambiando. Chef tenía razón; solo que aún no lo sabe.

PRIMAVERA

Tic, tic, tic… Oigo las suaves vainas del magnolio caer sobre el tejado plano de la escuela de yoga. Los capullos de las flores han salido de sus abrigos de invierno y asoman. Aspiro profundamente el aroma anisado. Me pongo boca arriba. Siento que mi corazón se acelera, cómo danza la energía por mis venas. Es el anuncio de que la luz durará más, de caras felices en la calle, de innumerables manos extrañas a través de mi pelaje, de árboles llenos de nidos. Siempre empieza con el magnolio del patio, pero pronto lo seguirán los cerezos en flor cerca del centro comunitario y los rododendros en el jardín delantero del Peluquero con Sombrero. Los días se alargarán. Los zorros comunes saldrán de su hibernación. La gente, con sus rostros pálidos, tomará los primeros rayos de sol en las terrazas y yo me regodearé entre sus piernas. Lameré todas las migas caídas y acosaré a las hormigas.

Me doy la vuelta sobre mis patas. Miro hacia abajo a través de la claraboya. Veo a Chef tumbada en una esterilla de yoga. Amiga está tumbada en otra esterilla a su lado. Respiran hondo; inhalan, exhalan. Chef se aparta, pálida. No se encuentra bien. Puedo verlo. Puedo sentirlo.

Abre los ojos, Chef. Estoy aquí arriba. Estoy cerca.

Ella abre los ojos, pero no me ve. Sus ojos recorren la habitación con pánico. Se tapa la boca con la mano y se pone en pie a toda prisa. Se apresura a salir de su esterilla y camina hacia la puerta. Todas las mujeres levantan la vista. Amiga la sigue rápidamente. Sus esterillas permanecen vacías mientras las demás se sumergen una vez más en la voz del gurú.

Pobre Chef. Quizá tenga que vomitar otra vez. Vomita todo el día. No huele como ella misma. Huele a hormonas funcionando a todo trapo. Se queja de su propio olor. Su sentido del olfato se ha vuelto loco. Ya no puede soportar nada. El olor a cebolla frita de los bocadillos de falafel del mercado la lleva de inmediato a la jardinera, para vomitar allí. Ayer le ordenó a Bigotito que tirara todo el contenido del cajón de las especias. Los olores que normalmente le gustan tanto se han convertido en su mayor enemigo. Ya no cocina, para disgusto de Bigotito. Un panecillo blanco con algo de apio es una de las pocas cosas que le apetece comer. Y manzanas. Kilos de manzanas.

Ha cogido la baja en el trabajo y se pasa la mitad del día en la cama. Jamás la he visto tan cansada. Duerme tanto como un gato, aunque, la verdad, resulta hasta gratificante. Nunca ha estado tanto tiempo en casa. Esta mañana se sentía menos mal, le dijo a Bigotito mientras se metía una galleta seca en la boca. Iba a intentar ir a yoga por primera vez en semanas. Está claro que no ha acabado en éxito.

Doy vueltas en el regazo de Amiga. Me restriego contra su cara. Me da un beso en la cabeza. Ha venido con Chef después de la clase de yoga. Afortunadamente, no lleva consigo al cachorro feliz. La tengo toda para mí. Chef sirve una taza de té para ella en la mesa y se apoya en la encimera. Se muerde el labio, respira hondo y se dirige al sofá.

—Lo siento, necesito tumbarme un momento.

—No se te ocurrirá pedir perdón por eso, ¿verdad?

—En Instagram, todo lo que veo son mujeres felices frotándose la barriga de embarazada y me siento como una perdedora estúpida.

—¿Qué? No digas eso, ¿por qué?

—Ni siquiera puedo hacer yin yoga sin vomitar. Estar sentada diez minutos me parece como correr una maratón porque tengo el cuello tan cansado que no puedo levantar la cabeza. Toda mi energía se va a la fábrica de bebés.

—Quítatelo del móvil.

—¿Qué?

—Ese Instagram de mierda. Dame tu teléfono, yo te lo desinstalo. —Amiga me levanta de su regazo y camina hacia el sofá.

Chef le da el teléfono.

—No sirve de nada estar todo el día deslizando el dedo por una desinformación en la que la gente compite por ver quién es más perfecta. La vida a veces es estupenda y otras es una mierda. Y cuando es una mierda, no deberías estar pendiente de esa aplicación. —Amiga se arrastra hasta el sofá junto a Chef.

—Pero la vida no debería ser una mierda. Por fin tengo lo que tanto deseaba.

—¿Deseabas un embarazo en el que vomitas cuatro veces al día y no puedes trabajar?

Salto al sofá.

Chef mira al vacío. Luego se levanta con resolución y camina hacia el frigorífico.

—Me siento muy rara. No puedo ni explicarlo.

Saca un frasco de zumo oscuro del frigo. Hay bolitas flotando en él. Gira la tapa del frasco y sorbe.

Amiga empieza a reír.

—¿Te estás bebiendo un bote entero de cerezas?

Chef también se ríe, débilmente, pero se ríe y es la primera vez que la veo hacerlo en semanas. Coge una cuchara del cajón y va pescando las cerezas del bote. Se las come.

Me subo a las rodillas de Amiga.

—¿Es un nuevo antojo?

Chef asiente y vacía el frasco con la cuchara lo más rápido que puede. Amiga me acaricia desde la cabeza hasta la cola. Presiona un poco más fuerte en la pequeña zona donde mi espalda se une a mi cola. Empujo mi trasero hacia arriba y ella comienza de nuevo en mi cabeza.

—Ayer estaba paseando por la Ekoplaza. Me entran ganas de vomitar. Odio todo lo que normalmente me encanta comer: tofu, setas, algas… —Chef niega con la cabeza y traga saliva—. Solo de decirlo me dan arcadas.

Respira hondo, como si intentara ahuyentar una nueva oleada de náuseas. Se toma la última cucharada de cerezas.

—Pasé por delante de una estantería y vi un tarro. Se me paralizó el cuerpo, me quedé clavada mirando ese tarro. Como si me estuviera succionando hacia él. Fue rarísimo. Nunca me había pasado algo así. Era como una yonqui que busca su heroína. Compré todos los tarros de cerezas y, en cuanto salí, me bebí uno entero ahí mismo. En la acera, frente a la Ekoplaza.

Amiga no puede evitar reírse a carcajadas.

Chef también, pero como un granjero con dolor de muelas.

—Ojalá hubiera podido grabar eso.

—No te pregunté si te apetecían.

—Bueno, te quedan muchos tarros, ¿no?

Chef abre la nevera.

—¡Sí! Están bien fríos. ¿Quieres uno?

—¡No, claro que no!

—Están muy ricas. Agridulces.

—Me pregunto si seguirás pensando lo mismo dentro de siete meses.

Chef cierra la nevera.

Amiga ha dejado de acariciarme.

Me levanto de su regazo y me acuesto panza arriba junto a ella. Mis patitas están suavemente curvadas. Quiero que me haga cosquillas en la barriga.

—De niña las comíamos de postre, con yogur. Quiero comer cosas de mi infancia todo el tiempo. Judías blancas en salsa de tomate. Panecillos blancos con ensalada de apio. Sueño con tostadas con queso Monchou. Me dan arcadas cuando pienso en verduras calientes… —Chef empieza a tener náuseas.

Amiga está tan ocupada con Chef que no me ve.

Empujo mi pata trasera contra su mano para recordarle que la está esperando una barriga deliciosa y suave que demanda su atención.

—Ni se te ocurra, cariño. ¡Piensa en esas cerezas!

Chef se recupera.

Amiga ha captado mis indirectas. Sus dedos me hacen cosquillas por el pelaje. Es una sensación de éxtasis. Mi cuerpo se estira por sí solo. Siento un hormigueo por todo el cuerpo.

—Es extraño que tenga antojos de cosas que apenas contienen nutrientes y que las cosas realmente saludables me disgusten. Eso es un obstáculo desde el punto de vista evolutivo, ¿no? Cabría esperar que las hormonas te hicieran desear alimentos con buenos nutrientes para un bebé.

—Sí, eso tendría más sentido.

Amiga me levanta como a un bebé. Me acuna en sus brazos y me besa en la cabeza.

—¿Sabes qué otra palabra me repugna en este momento?

—¿Cuál?

—Vegana. Esa palabra. Vegana… —Chef cambia de color.

Amiga se ríe.

Chef de repente empieza a llorar.

—Ay, amor… —Amiga me pone en el suelo y se acerca a Chef. Le frota los hombros—. No pasa nada, cielo. A mí también me parece muy extraño sentirte así. No me puedo ni imaginar cómo es.

¡Eh! Estábamos teniendo una maravillosa sesión de manoseo, ¿no? No puedes dejarme a medias, ¿no? Apoyo mi cabeza contra las pantorrillas de Chef.

—Es una mierda y es raro. Ayer me comí a escondidas un palito de queso en el mercado. Un palito de queso de vaca, ya sabes. Me da mucha vergüenza. No pude controlarme.

Chef me levanta y me hunde su cara húmeda entre el pelaje.

—No es para tanto, cariño.

—Sí, lo es. Porque esas pobres vacas y terneros no tienen la culpa de que yo esté embarazada.

Mi pobre humana. Tan confundida.

Me aprieta contra ella con firmeza y se dirige al sofá.

—Necesito tumbarme un minuto. —Se acuesta de lado y me atrae hacia ella.

Siento al bebé en su vientre. Se tranquiliza; está ahí, pero no del todo.

Amiga se une a nosotros en el sofá. Acaricia la pierna de Chef.

—¿Sabes que la mayoría de las mujeres se sienten mucho mejor después de los tres meses, ¿verdad? Ya estás en la mitad del primer trimestre.

—Seis semanas duran una eternidad cuando no te sientes bien.

—Eso sí.

Chef se queda dormida. Y yo también.

Observo el tráfico pasar. No hemos ido a ver a la Mesías desde que Chef se quedó embarazada. Sí que me la encontré en el mercado una vez, pero entonces su bolso estaba dolorosamente vacío, al igual que su mirada. Me gustaría ir a su casa. Tumbarme en el sofá con ella un rato. Dormir juntos una buena parte de la mañana. Mirar a los pollitos derretirse en el armario mágico. Olisquear esa cobaya y maravillarme con la cacofonía de aromas. Echo de menos sus ojitos redondos que brillan cuando me ven. Echo de menos sus dedos huesudos que a veces tiemblan un poco cuando acarician mi pelaje. Echo de menos toda su humanidad. La echo de menos. Puedo sentarme aquí al lado de la carretera sin que me tiemblen las patas, lo que ya es un gran avance en comparación con hace unos meses. Pero no me atrevo a cruzar la carretera. Sería una tontería.

Percibo un olor desagradable pero reconfortante. El olor de alguien medio niño, medio adulto. Detiene su chirriante patinete, ya no tan nuevo, justo delante de mí.

—Hola, gatito. ¿Te acuerdas de quién soy?

«Sí, Maloliente, ¿cómo podría olvidarme de ti? Reconozco tu olor entre un millón».

Se baja del patinete, se agacha y me tiende la mano. Todavía no confía plenamente en mí. Como si se creyera que le voy a arañar en cualquier momento. Yo no lo atacaría. Nunca. Me parece entrañable. Le lamo los dedos. Maloliente se ríe.

—Tu lengua se siente rara, es como papel de lija.

«¡Sí, chico! Mi lengua tiene que cumplir con la función de vuestro estropajo, vuestro cepillo y vuestros cubiertos; todo en uno. ¡Ahora tú!».

Se levanta y se sube a su patinete. Va despacio para no atropellar a ningún peatón. Camino detrás de él. Luego acelera. Corro tan rápido como puedo a su lado. Conduce hasta la calle opuesta al centro comunitario. Se detiene y se baja del patinete. Siento que el aliento se me acelera en los pulmones. Me estoy haciendo viejo. Solía correr kilómetros sin soltar un jadeo siquiera. Recorría todo el circuito del enorme patio que bordeaba el balcón de J. Saltaba por encima de muros y cobertizos sin pestañear.

—¿Me has seguido?

«Ni hablar. Estoy aquí por accidente».

Maloliente se sienta en una escalera de hormigón. Me tiende la mano otra vez. Le lamo los dedos de nuevo. Se ríe.

—Aquí es donde vivo. Tengo que hacer deberes. Mañana tengo un examen de matemáticas.

Sube las escaleras con su patinete bajo el brazo. Lo sigo. Saca un largo cordón de debajo de la camisa. Del cordón cuelga una llave. La usa para abrir una puerta. Entra. Me cuelo con él.

—Oye, loco, no puedes entrar aquí. Mi padre era alérgico a los perros y a los gatos.

La casa huele de maravilla. ¿Quién hubiera pensado que ese ser apestoso viviría en una casa que huele a carne y especias hirviendo? Maloliente se apresura hacia al otro lado del pasillo.

—¿Hola?

Espera una respuesta, pero no la hay.

—Vale, gatito. Ven rápido a mi habitación. La costa está despejada.

Me levanta. Pasamos otra puerta. Esa habitación estrecha huele a él. Hay calcetines perfumados en el suelo. Su cama está sobre unas patas kilométricas. Debajo de su cama hay una mesita con libros y un ordenador plano.

—¿Te gusta mi habitación?

Huelo las patas de su cama. Huelen a madera. Aparte de los humanos, ningún animal de sangre caliente ha estado nunca en esta habitación. A lo sumo, algunos insectos. Mosquitos, arañas, moscas. Pero ningún gato, ningún conejo, ningún perro apestoso. Solo un niño maloliente.

Coge un libro y sube a su cama alta, rápida y hábilmente, usando una escalera. Tiene las extremidades largas y flexibles. Asoma la cabeza por el borde de la cama y me mira.

—Vamos, sube. No tengas miedo. Estoy aquí.

¿De verdad cree que tengo miedo de una estúpida escalerita? Soy Míster. No tengo miedo. Subo. Mis músculos se han vuelto más rígidos de un tiempo a esta parte, pero aún puedo subir sin problemas. Su cama es suave y acogedora. Está llena de peluches. Le encantan los animales.

—Si te quedas aquí arriba, mamá no te verá cuando vuelva a casa. Le pregunté si ahora podía tener un gato. Pero no puedo, porque papá era alérgico. ¿Lo entiendes ahora? Todo lo que queda de él es ceniza. Ya no puede estornudar y, sin embargo, no puedo tener un gato. —Me acaricia la cabeza.

Me doy la vuelta sobre las suaves mantas. Este es el lugar perfecto para una siesta por la tarde.

—Oye, chis. Oye.

Susurra. Su dulce cabecita aparece justo delante de mí. Se sube a la cama. He dormido mucho tiempo. Me estiro. Me doy la vuelta sobre su libro abierto. Huelo el aroma de pollo picante. Oigo a unos niños jugando detrás de la puerta. Maloliente tiene una servilleta en la mano. La abre. Susurra:

—Mamá ha hecho estofado. No ensucies mi cama, ¿vale? Porque se supone que no se debe comer en la cama.

Su madre es buena cocinera. La carne está jugosa y sabe a las especias que hasta hace poco estaban en el cajón de Chef. Es una pena que Bigotito tuviera que tirarlas todas. Aunque el tofu nunca sabría tan bien como esta carne divina y jugosa. He dejado vacía la servilleta, pero mi estómago está lejos de sentirse repleto. Salto de la cama y camino hacia la puerta. Debe de haber más en la cocina.

Maloliente se pone detrás de mí y me levanta. Murmura, asustado:

—Tienes que quedarte en la cama. Pronto mis hermanos pequeños entrarán corriendo en mi habitación o mi hermana vendrá y le dirá a mamá que estás aquí. Mi hermana se mete en todo.

Me vuelve a subir a la cama, pero ya he dormido suficiente. Cree que soy igual que sus peluches sin alma. No puede evitarlo. No tiene experiencia con individuos vivos que no pertenecen a su especie. Aún le queda mucho por aprender.

«¡Tío! Soy un gato, hago mis propios planes».

Salto de la cama otra vez, corro rápidamente hacia la puerta, empiezo a arañar la madera y emito maullidos tan fuertes y prolongados como me es posible.

—No, no, no. Silencio —susurra aterrado mientras me alza. Me esconde debajo de su sudadera.

Puedo oler sus axilas en todo su esplendor. Es demasiado, demasiado abrumador. Quiero salir de ahí debajo. Siento que mueve su cuerpo a la velocidad del rayo. Oigo puertas que se abren y se cierran. Me retuerzo, doy patadas.

—Ay. —De repente me suelta.

Me deslizo por debajo de su ropa. Fuera. Estoy fuera. Respiro el aroma de la primavera. El fresco aroma de la tierra que se abre. Microorganismos celebrando su festival de primavera.

Veo cómo Maloliente cierra en silencio la puerta principal detrás de mí. Estoy en lo alto de las escaleras de hormigón. Desde aquí veo el vecindario desde una nueva perspectiva. Los árboles tienen pequeños brotes. Los primeros pájaros empezarán a construir sus nidos en cualquier momento. Chef y Bigotito aún no tienen un nido para el bebé que ella lleva en el vientre. Chef todavía está demasiado cansada y Bigotito no es muy habilidoso. Es hora de ir a casa. No quiero preocuparla. Eso no es bueno para el bebé.

El sol brilla sobre mi barriga. Me doy la vuelta sobre las cálidas baldosas. Han estado absorbiendo los rayos del sol toda la mañana y ahora están liberando su calor en mi pelaje. Estoy tumbado en el lugar mágico donde me ocurrió el milagro hace meses. Aunque sé que fue la Mesías quien me arrojó los pollitos, mi mirada se dirige constantemente y con esperanza hacia los cielos. Dios mío, mataría por un delicioso pollito.

Me enderezo. Mi mirada se posa en el nido del alto árbol junto al centro comunitario. Escondida detrás de las hojas verdes y frescas hay una paloma gorda. Puedo ver a través de las ramas cómo alimenta a sus feos polluelos. No pierdas tiempo, Míster. Están demasiado arriba. No son estúpidos, solo feos. Sus picos son demasiado grandes para sus cabezas. Su suave piel de bebé brilla a través de la pelusa gris. ¿Podrían ser tan jugosos como un pollito de gallina?

Quizá debería probar en la tienda de mascotas de la plaza, junto a la piscina infantil, una vez más. Ahí es donde fui cuando la Mesías le dijo a Chef que había hecho la compra allí. Según Luna, su humano guarda los pollitos en una caja grande en el almacén, al fondo de la tienda. Luna no quiere ni oír hablar de ese asunto.

«Puaj. Esos pelitos y esos huesos crujientes. ¿Sabes lo que de verdad está bueno? Las latitas redondas que tienen en el mostrador. Carne cremosa perfectamente comprimida en una salsa de gelatina».

Me senté frente a la puerta del almacén durante días. Pero el humano de Luna no dejaba de echarme de la tienda.

—En casa comes suficiente, Míster.

«Sí. ¡Comida seca vegana! ¡Dame un pollito! ¡*Please*, dame un pollito! ¡Necesito proteínas!».

Por mucho que maullara, por mucho que lanzara mi divino cuerpo a la batalla…, todo inútil.

Un día, Bigotito vino a buscarme. Estaba revolcándome sobre las frías baldosas cuando oí su voz.

—Gracias por llamar. Ya lo habíamos perdido.

—Es un encanto.

—Es verdad.

—No le damos nada, pero sigue volviendo.

—Quizá esté enamorado de Luna.

—Lo cierto es que es el único gato al que deja entrar en la tienda.

Oigo chirridos en el árbol. Veo que las hojas se mueven. ¿Se ha caído una paloma de su nido? Corro lo más rápido que puedo. A través de los arbustos, a través del parque infantil. Pero ya es demasiado tarde. Una mujer ha llegado al tocón del árbol antes que yo. Se agacha, junta las manos en forma de cuenco y levanta a la horrible criatura del suelo. Enseguida se ve rodeada de niños curiosos que antes estaban en el parque infantil.

—Ay, pobre. Todavía es muy pequeño.

Un niño intenta trepar a un árbol.

—¡Se lo devolveré a su madre, señora! —dice, pero antes de terminar de hablar, se resbala y cae.

—Está demasiado alto. Lo llevaré al santuario de aves. Allí lo cuidarán.

Pasé como un rayo por delante de sus piernas. Se asustó. No me esperaba. Levantó las manos por encima de la cabeza.

—¡Fuera, gato! ¡Fuera!

¡Ay, madre mía! ¡Qué antipática! Solo había venido a saludar. Se alejó rápidamente del parque infantil. Oí a la madre paloma llamando desde el árbol. Había perdido a su cría.

—Cariño, ¿puedes ir al supermercado por mí después del trabajo? Tengo muchas náuseas… Te enviaré una lista. Vale, gracias, cielo. *Love you**.

Su voz suena suave y exhausta. Lleva meses sintiéndose fatal. Deja el teléfono sobre las mantas. Volverá a estar en la cama todo el día. Con gran dificultad, saca su cuerpo cansado del colchón.

Me estiro todo lo que puedo. Golpeo la cabeza de Mien con mis patas traseras. Ella refunfuña un momento en su sueño. Lo hago de nuevo. Solo porque puedo. A veces oigo a la gente decir que los animales no tienen sentido del humor.

Mien refunfuña irritada: «Déjame en paz».

En lo que respecta a Mien les doy la razón. De hecho, tiene muy poco sentido del humor.

El sol brilla a través de las cortinas. Cientos de pequeñas partículas flotan en el aire. Me parece fascinante que siempre estén ahí, estas partículas flotantes, pero que rara vez se nos

---

* En inglés en el original. *(N. de la T.)*.

revelen. Intento atraparlas con la pata. Todas se alejan de mis garras al mismo tiempo.

Chef abre la ventana. Entra una suave brisa.

Huelo el ajo silvestre de las jardineras de nuestro pequeño patio. Normalmente Chef saltaría de alegría, recogería el ajo silvestre y haría pesto, aceite y sopa con él. Le hablaría a Bigotito hasta por los codos de lo maravilloso que es el ajo silvestre. He oído su perorata muchas veces. Le decía que es una planta de la familia de los narcisos, que a las abejas y a las mariposas les encantan las flores y a ella le gustan sobre todo las hojas, pero que las raíces también son comestibles. Ella le decía que los celtas y los romanos estaban convencidos de las propiedades medicinales de la planta y que ella también creía que era eficaz contra el dolor de garganta, la gripe y los resfriados, porque, después de todo, rara vez se ponía enferma. Él fingía escucharla con atención y sorpresa, mientras que su verdadero interés residía únicamente en los deliciosos platos que ella preparaba con eso. Este año se salta la charla trivial. Ha visto el ajo silvestre, pero ha desviado la mirada de inmediato. Los olores y sabores a ajo y cebolla son lo primero que le dan ganas de vomitar. La sigo hasta el salón. Abre la nevera, mira dentro con cara de asco y la vuelve a cerrar rápidamente. Coge el teléfono y toca la pantalla.

—Zumo de naranja natural, patatas fritas…

Reflexiona frunciendo el ceño. No lo tiene claro. Veo la mirada perdida en sus ojos y me pregunto quién es esta mujer y adónde se ha ido mi amiga Chef. Es como si un alienígena se hubiera metido en su piel y hubiera borrado todo lo que ella fue. Camina hacia la despensa y saca un tarro de conserva lleno de pasta seca. Llena una cacerola con agua. Quiero algo de comer. Me siento de forma ostentosa frente al armario donde están las croquetitas. Pero ella no mira hacia arriba. Miau. Ahora sí que mira hacia arriba. En cuanto abre ese armario, Mien salta de la cama. Su pequeño y redondo cuerpo se tambalea en todas direcciones mientras corre hacia nosotros. Con arcadas, Chef vierte croquetas en nuestros cuencos.

Huelo las tiras de pasta en el cuenco de la mesilla. Lamo el amargo aceite de oliva de la masa. Por su parte, ella ha dado unos cuantos bocados y enseguida ha dejado el cuenco. Se ha vuelto a dormir. Oigo la llave en la cerradura: Bigotito. Salto de la cama y entro en la sala de estar. Él deja una bolsa con la compra en la encimera y me acaricia la cabeza. Va directo al armario donde guardan las croquetitas para gatos y saca la bolsa. ¡Sí! Estos son los mejores momentos. Los momentos en los que mis compañeros de casa se comunican tan mal entre ellos que me dan de comer dos veces en una hora.

Cuando Mien oye crujir la bolsa, se apresura a llenar aún más su abombado vientre. Me zampo las croquetas.

Bigotito se lava los dientes en el baño. Sabe lo sensible que está ahora el olfato de Chef. No quiere correr el riesgo de que ella lo encuentre desagradable. Oigo crujir la cama. Oigo sus pies en el suelo. Engullo veloz las últimas croquetas antes de que se dé cuenta de que hemos tomado dos comidas seguidas. Mien ha terminado. Ha saltado al alféizar de la ventana de la fachada y está intentando atrapar un moscardón.

—Hola, cariño. ¿Cómo te sientes?

—Como una mierda.

Él le da un beso en la frente y se dirige a la cocina.

—Llevas dos meses sintiéndote como una mierda.

—Oh, ya puedes decirlo…

—¿No podrías intentar superarlo un poco? ¿No puedes centrarte en el hecho de que vamos a tener un bebé?

Sus ojos echan chispas.

—Para ti es muy fácil.

—Lo siento, cariño. No lo decía en ese sentido. Te he traído un montón de ensaladilla de apio.

Chef pone cara de asco.

Hurga en la bolsa que hay en la encimera de la cocina.

—Puaj, ni hablar.

Se produce un breve cortocircuito en la cabeza de Bigotito y mira desesperado el montón de recipientes de plástico que acaba de sacar de su bolsa.

—Llevas semanas comiendo solo ensaladilla de apio ¿y ahora te parece asquerosa?

—Sí. No puedo evitarlo. Si hubiera querido ensaladilla, la habría puesto en la lista.

«No hay problema, chicos. Con mucho gusto vaciaré esos recipientes por vosotros». Esa salsa blanca es un tipo de mayonesa, ¿no? Salto a la encimera para dejarlo claro. Pero Bigotito inmediatamente me devuelve al suelo.

—¿Puedo tomar el zumo de naranja natural? Me apetece mucho.

—Intenté llamarte, pero no contestaste.

—Estaba dormida.

—Busqué en el supermercado durante media hora, pero no tenían zumo de naranja natural. También pregunté al reponedor. Él tampoco lo sabía. Así que compré este.

Bigotito saca, vacilante, un tarro de cristal de zumo marrón de su bolsa de la compra.

La cara de Chef se contrae. Ahora es en su cabeza donde se produce un cortocircuito.

—¿Salsa de carne? —Su voz es estridente, como si pudiera estallar en cualquier momento.

—No tenían zumo natural. Solo tenían esta salsa o unos polvos en bolsitas.

—¡Zumo de naranja fresco, idiota! —Bigotito se queda con la boca abierta. Por un momento no sabe dónde meterse—. No puedo oler eso.

—¡Pues escríbelo o coge el teléfono!

—Puede que no te hayas dado cuenta en los tres años que llevas saliendo conmigo, pero ¡soy vegana! —Chef está furiosa. Echa chispas por los ojos.

—Pensé que era otro antojo sin sentido. Comes palitos de queso en el mercado, ¿verdad?

Los hombros de Chef comienzan a sacudirse. El agua salada anega sus ojos.

—Sí, lo cual ya es bastante malo de por sí. Pero lo de tener animales muertos en mi casa, eso no puedo soportarlo. Y tú deberías saberlo.

Ahora es Bigotito quien está a punto de explotar.

—Nada te parece bien. ¡Hago todo lo que puedo por complacerte! —Tira el frasco de salsa al suelo.

Se rompe en cientos de pedazos. Gotas de jugo de carne me salpican la cara. Las lamo con mi larga lengua. Está delicioso. Salado, umami, carnoso. Bigotito sale de casa con un portazo. Chef grita de forma dramática. Mien salta desde el alféizar de la ventana y empieza a lamer el jugo de la carne del suelo. Mi pecho, mis patas, todo está empapado en jugo divino. Me lamo por todas partes. ¡Celestial! Qué afortunado soy.

—No lo hagas, Mien, acabarás lamiendo el cristal también.

La voz de Chef es desapaciblemente aguda y parece muy nerviosa. Coge a Mien y la levanta del suelo. Con la otra mano me coge a mí. Chef se mueve de pronto con una rapidez inusitada. No sabía que aún tenía ese potencial. Nos encierra en el dormitorio.

Me relamo donde puedo. Huelo delicioso. Oigo trastear al otro lado de la puerta. Pienso en ese charcazo de jugo de carne en el suelo y en cuánto me gustaría revolcarme en él. Araño la puerta. Maúllo.

La puerta se abre de repente un poco. El brazo de Chef se asoma por la rendija. Me agarra con la mano bajo la barriga y me saca de la habitación. Cierra rápidamente la puerta para que Mien no pueda venir detrás de nosotros. Chef se ha vestido y calzado. Se ha puesto un gran pañuelo alrededor del cuello, aunque hace demasiado calor para llevarlo.

—Vamos, Míster. Vamos a por el zumo. Necesito zumo de naranja recién exprimido ahora mismo.

Con una zancada, pasa por encima del jugo de carne. Oigo el cristal crujir bajo sus zapatos. Empuja la puerta principal, salimos, cierra la puerta y me deja en el suelo. Miro dentro a través de la ventanita que hay en la puerta. El jugo marrón brilla. Estaría relamiendo ese suelo hasta que brillara como nunca antes.

—Venga, Míster.

Sigo a Chef. Sale a la calle. El mercado ya está medio desmantelado. La cafetería está cerrada. La Vidente está frotando las mesas con un trapo. Pasa un carrito con restos de los puestos. Salto veloz para esquivar sus ruedas poco fiables. Chef se tapa la nariz y la boca con el pañuelo. Me golpea el olor a pescado muerto. El puesto de pescado ya no está, pero ha dejado un rastro de moléculas. Las criaturas de patas largas merodean por la calle lateral alrededor de un pasadizo subterráneo. Deben estar esperando a que salga una rata. Asesinas. Puedo oír al verdulero cantando:

—¡Últimos melones! ¡Dos por un euro! ¡Aprovechen la oportunidad! ¡Melones, melones! ¡Dos por un euro!

Es el único puesto que queda. Unos chicos están recogiendo cajas mientras una fila de gente compra melones baratos.

—¿Tienes zumo de naranja natural? —pregunta Chef a uno de los ellos.

El chico se dirige con resolución hacia el camión para buscar entre las cajas. Chef sacude los hombros. El olor a pescado ha llegado a su nariz. Se tapa media cara en el pañuelo de inmediato.

El chico saca una botella de plástico de una caja de poliestireno.

—Mire, señora. Un euro.

Agita la tarjeta en el aire, luchando contra las náuseas.

—No importa. Está bien así.

Chef hace una especie de reverencia para expresar su gratitud. No puede hablar. Teme que con cada palabra la pasta seca fluya de su boca como una papilla humeante. Se apresura a salir del mercado, lejos de ese delicioso olor a pescado.

La sigo corriendo. Ella da grandes pasos y se sienta en una maceta. Se retira el pañuelo de la cara y se bebe el contenido de la botella de un trago.

Se sienta un momento y mira al frente. Huelo mi pelaje. Me meto la cabeza entre el pelo. Huelo de maravilla.

—Vamos, Míster…

—Lo siento.

Chef se ha sentado en un banco junto a Bigotito. Le pone la mano en el muslo. Lo buscó y sabía dónde encontrarlo.

Miran juntos la piscina infantil que no tiene agua. Los niños corren en círculos sobre los azulejos azules secos. Sus voces resuenan sordamente entre las frescas hojas verdes de los altos árboles. En los días calurosos, el agua fría brota de la fuente y todos los niños del barrio vienen aquí a refrescarse. Luego, el césped se llena de gente tumbada sobre toallas. Te tropiezas con bolsas de bollos de pasas, helados pegajosos y, con un poco de suerte, palitos de queso a medio comer. Una vez incluso encontré la cola de un arenque en un recipiente de plástico.

Salto al banco de al lado de Bigotito y me tumbo a su lado. Me lamo el pecho.

—Me siento tan tonta. No puedo evitarlo. Me siento culpable por esos palitos de queso. Soy una falsa vegana. No puedo evitarlo y luego me siento como una mierda.

Una pequeña sonrisa aparece en su rostro. Él le aprieta la mano.

—Siento lo de la salsa. Fue una estupidez.

—Estoy enfadada contigo todo el tiempo, porque me parece injusto que no sufras en absoluto. Es absurdo, lo sé. Pero ojalá existiera una pastilla que pudieras tomarte para que te sintieras durante un día como yo. Para que entendieras que no me lo estoy inventando. A veces me siento muy sola. Atrapada en un cuerpo que ya no siento como mío.

—No estás sola.

—Pero sí que me siento sola.

Él le quita un mechón de pelo de la cara.

—Si pudiera quedarme embarazado, te sustituiría de inmediato.

—No durarías ni un día.

—Es probable.

—Esas hormonas son unas cabronas.

—¿Dejamos de discutir?

Chef asiente.

Una ráfaga de viento me trae un indicio de su aroma. El conejillo de Indias. Huelo a su cobaya. Miro a mi alrededor, pero no la veo por ningún lado. Oigo el chirrido de su bolsa con ruedas. Viene desde el otro lado de la calle. Salto del banco y corro tan deprisa como puedo. De repente, la reconozco al doblar la esquina. Mi corazón late con fuerza. ¡Ahí está! Camina rápido, arrastrando su bolsa chirriante. Huele a vacío. Maúllo. Me ve, sus ojos empiezan a brillar. ¡Cómo he echado de menos esos ojos! Está doblada por la edad. Se agacha y me coge la cabeza con las manos.

—Te voy a comprar algo rico.

Se levanta y camina hacia la puerta de la tienda de mascotas. Está cerrada. Luna duerme detrás de la ventana. La Mesías intenta abrir la puerta. Pero no se abre.

—No hay nadie.

Golpea la puerta. Las orejas de Luna se mueven irritadas, pero no levanta la vista.

—¿Ya es tan tarde? Me voy a casa. Tengo que prepararle la comida a mi marido.

La Mesías le da un tirón a su bolsa con ruedas. Avanza por la calle.

«¡Tu casa está en la otra dirección! ¡Eh, vas en dirección contraria!». Pero no entiende mis maullidos. Corro delante de ella y me tiro a sus pies.

Casi tropieza. No era mi intención.

—¡Cuidado, Míster! —Se agacha y me acaricia. Luego se levanta. Mira a su alrededor y se da la vuelta. Ahora va en la dirección correcta. Camina rápido y la sigo hasta la esquina. Por la calle del Acróbata.

Veo su scooter de movilidad. Lo huelo. Huelo al Acróbata. Le doy una palmadita a su scooter de movilidad. Tengo que volver pronto a comer huevos fritos con él. Levanto la vista y veo a la Mesías en la distancia. Corro lo más que puedo. Ella cruza la transitada carretera. Las bicicletas pasan zumbando a su lado. La veo desaparecer hasta que se convierte en un pequeño punto en un mundo que me resulta inalcanzable.

La observo hasta que desaparece por completo. ¿Qué voy a hacer? ¿Zamparme un guisado o un huevo frito?

¡Ahí está! Mi pequeño Maloliente. Viene corriendo por la calle en su patinete. Llevo un rato esperándolo en lo alto de los escalones de piedra. Se le ilumina el rostro cuando me ve. Con su patinete en la mano, sube corriendo las escaleras. Me acaricia la cabeza. Me da un beso entre las orejas. Es la primera vez que me besa. He eliminado todo su miedo con mi amor. Se saca el cordón de los zapatos de debajo de la camiseta y camina hacia la puerta principal. Lo sigo. Se da la vuelta y se agacha.

—Quieres entrar, ¿verdad?

Lo veo dudar y darse palmaditas en las rodillas.

—Mis hermanos ya están dormidos. Pero mamá y mi hermana no. Tenemos que actuar muy rápido para que no te vean —susurra.

Me toma en brazos. Abre la puerta principal. Asoma la cabeza y se cuela en silencio en el pasillo.

Me balanceo bajo su brazo. La casa huele diferente que antes. No huelo a carne. Huelo el aroma terroso de las judías verdes. Abre la puerta de su habitación, entra y la cierra. Da un suspiro de alivio.

—¡No te has quitado los zapatos!

La puerta se abre de pronto. De repente hay una joven en la habitación. Mitad mujer, mitad niña. No apesta. Huele a flores. No demasiado. Un cabello oscuro se alarga sobre sus hombros. Cuando me ve, empieza a gritar.

—¡¡¡Mamá!!! ¡Jeffrey tiene un gato en su habitación!

Maloliente me alza del suelo lo más rápido que puede. La aparta. Corre por el pasillo, abre la puerta principal y me deja fuera. La puerta se cierra de golpe. Oigo sus voces al otro lado de la puerta.

—¡No es verdad, está mintiendo!

—No estoy mintiendo. Tenía un gato en su habitación. Debe de haberlo echado fuera.

—No. ¡No es verdad!

—¡Abre la puerta de la calle!

—Jeffrey, ¡abre la puerta!

Se abre. Tres caras clavan sus ojos en mí. Maloliente, su hermana y su madre, que sabe hacer un guiso delicioso, me observan con fijeza.

—Míralo dónde está.

—Sabes que no quiero animales en casa.

—Es mi amigo.

—Los gatos son sucios. Se revuelcan en la calle. Están llenos de bacterias.

—Tú también estás llena de bacterias.

—Mamá, ¿oyes lo que está diciendo?

—Sí, ¿verdad, mamá? Si hubieras prestado más atención en la clase de biología, sabrías que es verdad. Hay más de ciento cincuenta bacterias en una mano.

—¡No te vayas por las ramas, Willem Wever!*

—¡No discutáis!

Voy hacia su puerta. Pero se me cierra de golpe en la cara. Me siento en lo alto de las escaleras. Miro hacia la calle. A este hermoso vecindario. Mi vecindario.

—¡Místeeer! ¡Místeeer! —La voz de Bigotito resuena entre las casas.

Bajo corriendo las escaleras. Me guían mis oídos. Me guía mi olfato. ¡A casa! La casa huele a jabón. Han fregado el suelo donde estaba el jugo marrón de carne. No queda ni una sola esquirla de cristal. Chef está dormida. Bigotito se acurruca junto a ella. Yo también.

* Programa de la televisión neerlandesa para todo tipo de públicos donde los televidentes plantean sus preguntas que un experto en cada tema responde de una manera gráfica. *(N. de la T.)*.

Estoy tumbado sobre la manta de lana contra unas piernas que no conozco en absoluto. Huelo a café. La Vidente ha puesto una música que tranquiliza a la gente. Me acarician el cuello. Hablan un idioma diferente, pero sé exactamente lo que dicen. Están usando sus sonidos más agudos para hacerme saber que les gusto. Son los mismos sonidos que los adultos usan para los bebés. Solía resultarme molesto. Soy un gato adulto, no un niño. Las notas altas son desagradables para mis oídos, pero he aprendido a ignorarlas porque provienen del amor. Un *gattuccino* se mece en mi estómago. Me incorporo y miro fijamente a un hombre en la mesa de enfrente. Me veo obligado a mirarlo. No puedo apartar la vista de él.

Él me devuelve la mirada. Abre mucho los ojos. Casi parecen salírsele de la cabeza.

—¿Jema?

Salto de mi banco como si fuera lo más natural del mundo. Camino hacia esa voz familiar.

—Se llama Míster —dice la Vidente mientras le pone un café delante.

Su mano se desliza hacia abajo. Me deja oler sus dedos. Mi corazón se contrae. Es la misma sensación que cuando tengo que hacer caca pero ya mismo. No es que tenga ahora necesidad de hacer caca. Apoyo la cabeza contra sus nudillos.

Cierro mi ojo bueno y recuerdo cómo solía dormir en una caja de cartón entre mis hermanas. Era como si llevara una cinta negra alrededor de mi corazón; a mi hermano pequeño lo habían sacado de la caja unas manos extrañas el día anterior. Nunca más volvió. Me desperté al sentir los nudillos en mi cabecita. Jugué con una mano enorme. Le mordí los dedos y le di patadas en la palma con las patas traseras. Jugué como había hecho con mi hermano. La mano no me empujó. La mano jugó conmigo. La mano no se quejó de los arañazos que le hice con las uñas. La mano me dejó morderla y me llevó a su casa. La mano se hacía cada vez más pequeña o yo cada vez más grande.

Pienso en esas interminables mañanas que pasé en la cama sobre su pecho. Cuando era un gatito, solía masajear la piel entre los pelos de su pecho con mis uñas. Cuando crecí, dejé de hacerlo. No porque a él ya no le gustara, sino porque me di cuenta de que le hacía daño. No quería hacerle daño.

Él era mi amigo.

Jeroen.

Esa mano es de Jeroen.

¿Cómo pude olvidar su nombre?

Toma mi cabeza entre sus manos y me estudia.

—Eres tú. Con tu cabeza torcida. Eres tú, ¿verdad?

Su voz se quiebra suavemente en mis oídos.

—¿Conseguiste este gato del Barco de los Gatos?

—No es mío. Pertenece a una chica. Bueno, a una mujer. Vive a la vuelta de la esquina, en esa casa azul.

Me levanta y me pone en su regazo.

—No has cambiado nada.

Me besa en la cabeza.

Su olor es exactamente el mismo.

—Antes se llamaba Jema.

Es extraño oírle decir ese nombre. Me siento interpelado, pero al mismo tiempo no. Es un eco de una vida anterior.

—Mi nombre es Jeroen y el de mi ex es Marjan. Je-roen y Ma-rjan. Juntos somos Jema.

La Vidente guarda silencio y me mira. Le sonríe de forma educada.

Marjan. Oh, sí, Marjan también estaba allí. Marjan quería más al monstruo con trompa que a mí. Tampoco quería tenerme en nuestra cama. Ni que me tumbara sobre su ropa. Si dejaba el armario abierto, me metía a escondidas. Eso la sacaba de quicio. No le gustaba comer. Lo hacía, cierto, pero por necesidad, no por amor. Nunca nos entendimos del todo. Marjan, que rompió el corazón de Jeroen por un amante de los perros.

—Tuvo un accidente terrible. Por eso tiene la cabeza ladeada. Yo estaba en el trabajo. Mi vecino de abajo lo vio. Estaba esperando en el semáforo cuando Jema cruzó la calle. Un camión alcanzó a esquivarlo, con un chirrido de neumáticos. Gracias a Dios. Pero un Fiat Panda lo vio demasiado tarde y lo atropelló. Quedó completamente destrozado. Es un milagro que haya sobrevivido.

Me abraza con fuerza. Me da un beso en la cabeza.

—¿Es buena con él?

—Por supuesto. Y le da el espacio para ser él mismo. No se puede tener a un gato como él encerrado.

—Y que lo digas. Estaría muy triste. —Las comisuras de la boca de Jeroen se levantan.

Eso es así.

—Conoce a todo el mundo en el barrio y todo el mundo lo conoce a él. Viene aquí varios días a la semana. A veces con ella o con su novio y otras veces solo, como hoy. Siempre se sienta en el banco junto a la ventana y me mira fijamente hasta que le sirvo un café con leche.

—¿Un qué?

—Leche de avena espumosa. Un *gattuccino*.

Jeroen se ríe a carcajadas. Me vuelve a dar un beso en la coronilla. Sabe lo guapo que yo fui.

—Me alegro de que haya acabado bien. —Mira la placa que llevo alrededor del cuello—. «Míster. No alimentar» —lee en voz alta. Se ríe de nuevo—. Te queda bien. Míster.

—Tiene su número. Puedes llamarla si quieres.

—No. No es necesario. No pasa nada. Nunca pensé que volvería a verlo. Ahora vivo en Londres. Estoy en la ciudad por trabajo. Es un milagro que me lo haya encontrado.

—Sí, es una gran coincidencia.

Un milagro, eso es lo que es. Un milagro.

Termina su capuchino. Me besa una vez más y se levanta.

«Adiós, Jeroen».

—Adiós, Jema.

Toda la casa huele a ajo silvestre.

Ya puede volver a reír. De verdad. Mostrando toda la dentadura. Chef tiene unos dientes delanteros muy grandes en comparación con los demás. Nunca me había percatado de ello. Pero ahora que por fin vuelve a sonreír después de todas estas semanas, de repente me doy cuenta. No ha vomitado en cinco días. Duerme mucho menos. Ha vuelto a cocinar. Se ha lavado el pelo en la ducha. Ayer sacó al monstruo con trompa. Salí rápidamente y comí huevos fritos en casa del Acróbata. Cuando llegué a casa, la oí hablar con el bebé que lleva en el vientre. Que está deseando conocerlo. Es una niña. Lo sé. Es una pena que no hable humano. Se preguntaba en voz alta de qué color pintar la pequeña habitación.

—¿Qué te gustaría? ¿Amarillo ocre o verde oliva? ¿Lila, tal vez?

«Púrpura», dijo la niña en su vientre.

Pero Chef no la oyó. Ella sigue frotándose las manos en el vientre y dice:

—Te quiero.

Ya no come palitos de queso. Pero sí vuelve a comer tofu. Está aliviada y feliz.

Bigotito también está aliviado y feliz. Se subió a su bicicleta esta mañana cantando. Canta muy bien. Su voz es cálida y envolvente. Había echado de menos oírlo cantar.

Chef reparte sopa de ajo silvestre entre varias ollas. Pone una en su gran cesta de mimbre.

—¿Vienes, Míster?

Está de pie en la puerta. Su barriga está un poco redonda. Lleva un vestido largo. Huele a ella misma otra vez. Salgo por la puerta detrás de Chef. Su vestido largo ondea con el viento. Saluda al Peluquero con Sombrero a través de la ventana. Puedo oler los capullos de rododendro en su jardín delantero. Pasamos junto a los cerezos del centro comunitario. Están lloviendo flores. Veo a Luisito corriendo tras los pequeños pétalos. Está feliz. Todo el mundo parece feliz hoy. Huelo el aroma de la hierba recién cortada. Chef camina a lo largo del canal hacia la carretera principal. Corro para seguir su ritmo. Me levanta y me aprieta firmemente contra su cuerpo.

—Vamos a llevarle sopa de ajo silvestre a tu amiga, Míster.

Eso esperaba. Hacía mucho tiempo que no veía a la Mesías. La última vez que la vi fue hace semanas. No siento miedo cuando Chef me levanta en brazos para cruzar la calle. Siento emoción y alegría. Al otro lado de la calle me deja en la acera. Corro, corro todo lo rápido que puedo. ¡Mesías! ¡Ya voy!

Puedo olerla en la puerta de su casa. Espero a que Chef pulse el botón mágico y a que la Mesías abra la puerta. Espero el sonido de sus piececitos arrastrándose por la alfombra. Espero que todavía tenga suficientes pollitos en su pequeña y fría caja. Que esos voraces patas largas no se lo hayan comido todo ya. Pero Chef no pulsa el botón. Mira con cara de duda por la ventana. Se tapa los ojos con la mano como si fuera un tejado, igual que vi hacer a la Mesías cuando buscaba a mis compañeros de piso en mi casa. Maúllo, pero no consigo que Chef se mueva. Camino hacia ella. Me subo sobre mis patas traseras y miro dentro. La casa está vacía.

No hay sofá.

No hay cortinas.

No hay armarios.

No hay libros.

No hay papel pintado de flores.

Incluso la alfombra grasienta ha desaparecido.

Vacío y desnudo como si nunca hubiera estado allí.

Siento que se me hincha la garganta. Mi corazón empieza a latir más rápido.

¿Dónde está? No puede haberse ido sin más, ¿verdad? ¿Sin despedirse? Desaparecer como un puntito, para no volver a verla.

—Lo siento, Míster.

Chef me levanta. Camina hacia el banco junto al agua.

Las aves de patas largas buscan peces en el muelle.

Chef se sienta. Me aprieta contra ella. Me da un beso en la cabeza.

—Era vieja, ¿verdad? Muy vieja. Quizá ochenta y cinco o noventa años o así.

Volvemos andando por el canal. No a casa, sino al parque infantil cerca del centro comunitario. Los niños corren, ríen, gritan de alegría. Mi corazón está triste. Si tuviera zapatos, mi corazón se hundiría en ellos. Soy un gato. No tengo zapatos. No debería lamentarme demasiado por una persona. Hay mucha gente. Salto a la gran mesa de pícnic y me tumbo boca arriba. Respiro con ganas el aroma de la hierba cortada. Chef se sienta a mi lado. Quiero olvidarlo todo. Disfrutar de este merecido día de primavera. Pero mi cerebro está a punto de estallar en mi cabeza torcida. ¿Dónde podría estar la Mesías? ¿Se mudó a otra calle? ¿A otra ciudad? ¿Al país donde nació y donde adquirió su extraño acento? ¿No habrá ido a parar al eterno más allá?

Puedo oler a Luisito. Me doy la vuelta sobre mi barriga. No lo veo. Puedo olerlo, pero no puedo verlo. Chef se levanta. La humana de Luisito se acerca a nosotros. Empuja una cama con ruedas delante de ella. Luisito debe de estar dentro de ella, el principito que pasea por el barrio en su camita. Qué típico de él. Y qué fanfarrón.

Chef se inclina sobre la cama y sonríe.

—Oh, cuánto ha crecido.

Estiro el cuello todo lo que puedo. No hay ningún Luisito en la cama, sino un bebé grande y feliz. Está sonriendo. No tiene dientes. Quizá se los quitó, como hace la Mesías cuando se va a dormir. Quizá sus dientes estén flotando en un vaso de agua en un armario de su casa.

—Cuatro meses ya.

—Cómo vuela el tiempo, ¿eh?

—Pestañeas y ya ha pasado una semana. Todos los clichés son ciertos.

Chef se palpa la barriga. Sonríe.

—¿Puedo cogerlo?

—Por supuesto.

Chef levanta al bebé de la cama.

Él se ríe y mira alegre a su alrededor.

Chef lo aprieta firmemente contra ella. Sus ojos brillan.

—Estoy embarazada.

—¡Enhorabuena! Qué maravilla. ¿De cuánto estás?

—De quince semanas.

—¿Cómo te sientes?

—Por fin bien otra vez. Pero he estado muy mal. —Chef se sienta a mi lado en el banco de la mesa de pícnic.

Huelo al bebé. Huelo a leche, champú dulce y un toque de Luisito.

—Qué horror.

—Me alegro de que haya terminado. Todavía no me siento yo misma, pero ya no tengo tantas náuseas.

Le doy un lametón al bebé con cautela.

La humana de Luisito me da una palmadita en la cabeza.

—Oh, Míster. ¡Qué criatura tan especial eres! Luisito tuvo que acostumbrarse al bebé. Le llevó dos meses aceptar a Krijn. Estaba fuera todo el día. Pero ahora empieza a gustarle. A veces salta al cochecito para mirar a Krijn.

Ajá, así que se llama cochecito esa camita con ruedas. El olor a caca llega hasta mi nariz. Es un olor diferente al de los adultos. Huele como el jugo caro en vasitos que Chef y Amiga bebían tan a menudo en el bar de vinos del mercado. Ella no ha vuelto por allí desde que se quedó embarazada.

—El pequeño Míster siempre está fuera de casa. A veces le pierdo la pista durante horas y, si además ese día no estoy de suerte, no regresa en toda la noche.

Bueno, eso fue hace mucho tiempo, reina del drama. Llevo meses durmiendo en casa y no me separé de tu lado cuando estabas tan mal.

—Quizá el pequeño Míster también debería tener un rastreador.

—¿Un rastreador?

La humana de Luisito saca su teléfono. Le muestra la pantalla a Chef.

—Mira, este es un mapa de nuestro barrio. Nosotros estamos aquí y Luisito está… aquí. Junto al arenero. Lleva un collar GPS.

—¡Qué gracioso! Y práctico.

«¡No, Chef! Eso no es nada conveniente. Se trata de una violación de la privacidad».

—Mira, cuando pulso esto, puedo ver por dónde ha estado caminando en las últimas veinticuatro horas. Siempre la misma ruta. De casa al parque, pasando por el arenero y volviendo por la barbería, y luego empieza de nuevo.

«¡Menudo pringado! ¿En serio esa es toda su ruta?».

Chef resopla, se levanta y devuelve al bebé a la humana de Luisito.

—Creo que Krijn se ha esforzado bastante.

—Sí, prepárate, esos cambios de pañal no son divertidos.

—Huele el trasero de su hijo y lo mete de nuevo en el cochecito. Empieza a caminar—. Me voy a casa rápido, pero estoy muy, muy feliz por ti. Enhorabuena.

—Gracias. Adiós.

—Adiós.

Estamos sentados en el sofá. Bigotito me deja lamer los restos de sopa de su plato. Chef no se da cuenta. Está absorta mirando la pantalla grande mientras se dispone a tomar la última cucharada de sopa. Suena una trompeta. Silencio. Silencio sepulcral. No hay gente en la calle. Ni motos, ni bicis. Solo los animales hacen ruido. Los pájaros cantan. Oigo el aleteo de unas alas en el patio. Una mosca se ha quedado atrapada en los rieles de la cortina. Mien ronca a mi lado en el sofá. Una chica en la pantalla grande rompe el silencio. Habla de su abuelo durante el Invierno del Hambre.

El Invierno del Hambre. Las palabras de la Mesías resuenan en mi cabeza: «Aquel horrible Invierno del Hambre. Capturaban gatos y los vendían como si fueran liebres. Muertos. Listos para comer».

Miro la pantalla grande. Se están colocando coronas de

flores para cientos de miles de personas, pero aquí no oigo a nadie hablar de los gatos. Lamo a Mien en la cabeza.

«Mientje… ¿recuerdas cuando me llamaste "liebre" cuando vine a vivir aquí por primera vez?».

Me mira irritada. «Eso fue hace mucho tiempo».

«¿Cómo se te ocurrió esa palabra? ¿Liebre?».

«Cuando todavía era una gatita, vivía con Chef y Föhn en una casa sin jardín. Solo teníamos un balcón. Me caí de él cuando intentaba atrapar una mosca. Aterricé en el jardín del vecino de abajo. Me agarró por el pescuezo y me dejó colgada en el aire. Gritó hacia arriba: "Vecina, su liebre de tejado se ha caído en mi jardín. ¿La quiere de vuelta o la echo a la barbacoa?". Por suerte, Chef bajó enseguida. "Es una hembra; Mien, una gata. Y me gustaría que me la devolvieras", le dijo. Nunca volví a caerme del balcón».

«¿Y sabes lo que significa?».

«¿El qué?».

«Liebre».

«No».

«Hubo un invierno en el que la gente tenía tanta hambre que cogían gatos en la calle, los mataban y se los comían. A estos gatos muertos los llamaban liebres de tejado».

«Qué horror».

«Sí, qué horror».

«Perdona por llamarte así. No lo decía en serio».

«No pasa nada».

Estoy debajo de un autobús. El nauseabundo aceite está goteando en mi pelaje, pero ¡no pienso moverme de aquí ni por un pollito! Chef está apuntando con una escoba en mi dirección. No es lo suficientemente larga. ¿Cómo se le ocurre? No soy estúpido. Hace un tiempo precioso. La ciudad está llena de vida. La gente está de vacaciones, excepto estos dos. Se mueven en hordas hacia el mercado. Comen arenque y patatas fritas con mayonesa. Como ella tiene que trabajar, yo tengo que quedarme en casa. Pues no estoy de acuerdo con eso. Me ha tenido en casa toda la semana. Durante el día, porque ahora trabaja durante el día. Porque está embarazada, dice. Anhelo el sol sobre mi cabeza al aire libre. Nuevos encuentros con desconocidos. Me he recorrido el techo negro de la escuela de yoga. Está lleno. Todos los gatos del patio quieren un lugar al sol. Algunos acaban discutiendo.

—Cariño, venga. Por favor.

No, no y otra vez no.

—Vale, capullo. Me rindo. Mel se ha ido a un festival, así que nadie va a poder abrirte, ¿de acuerdo?

Si no quiero entrar. ¡Cuidado, ojito! ¿Quién quiere sentarse en el interior con este tiempo?

Se levanta y se encamina hacia nuestra casa. Por el camino acaricia a Lucy frente al bar de nachos. Lucy parece no poder controlar su cola. Chef abre nuestra puerta principal y mete la escoba dentro. Se queda un momento en la puerta.

—¡Místeeer! ¡Místeeer! ¡Vamos!

Agita una bolsa de croquetas. Olvídalo. Veo que Lucy mira en mi dirección. Entrecierra los ojos y viene corriendo hacia mí. Lucy me mira directamente a los ojos. La lengua le cuelga de la boca. Huelo su peste a perro.

«Tu ama te llama».

«No tengo ama».

«¿Qué quieres decir?».

«Soy mi propio amo».

«¿Cómo es eso posible?».

«Yo decido por mí mismo lo que hago».

«Pero tu ama tiene comida para ti».

«Es un ardid, un truco».

«¿Qué quieres decir?».

«Está tratando de atraerme».

«¿Y por qué no vas?».

«Porque no quiero ir».

«Pero tu dueña te está llamando».

«Ella no es mi dueña».

«¿Eh? Entonces ¿quién es, tu jefa?».

«Yo soy mi propio jefe».

«No te entiendo».

«Yo tampoco te entiendo».

«¿Por qué no me entiendes?».

«No entiendo que no pienses por ti misma».

«Sí pienso por mí misma».

«Ah, ¿sí? ¿Sobre qué, entonces?».

Hay un largo silencio. Lucy me mira con cara de sorpresa.

«¿Ves?».

Oigo las cuentas deslizándose sobre los radios. Chef se ha subido a la bicicleta. La veo alejarse por la calle.

«¡Eh, que tu jefa se marcha!».

Suspiro.

«No es mi jefa. Es mi compañera de piso. Tenemos una relación de igualdad. A veces se le olvida. Entonces intenta jugar a ser la jefa. Pero no lo acepto. Hago lo que quiero. Soy Míster».

Salgo de debajo del autobús. Mi pelaje huele mal y está pegajoso. Cruzo al otro lado, hacia mis baldosas favoritas. Me revuelco en el suelo. Siento la arena pegada a la grasa del bus.

Lucy me ha seguido. Su gran cabeza proyecta una sombra sobre mi barriga.

«Voy a por mi pelota».

«¡No quiero tu pelota!».

Lucy ya no me oye. La veo entrar corriendo en el bar. Sale con una pelota verde en la boca. La baba resbala por las comisuras de su boca. Es hora de hacer un Houdini. Corro rápidamente hacia los arbustos. ¡Adiós muy buenas!

Un *gattuccino* de la Vidente.

La corteza de una tostada de jamón y queso de uno de sus invitados.

Los restos de mayonesa en una bolsa de patatas fritas vacía que estaba tirada junto al metro.

Migas de cruasán bajo el puesto de la panadería.

Un huevo frito con los bordes crujientes y la yema blanda en la cocina del Acróbata.

Lonchas de carne de los bocadillos de dos turistas que estaban sentados en un banco del mercado y no pudieron resistir mi hipnotizante mirada.

Una bola de helado de vainilla derretido que se había caído del cucurucho de un niño pequeño y torpe.

Golosinas para gatos de un padre que estaba sentado junto a la piscina infantil con sus hijos y pensó que yo era un gato callejero, más que nada por esas manchas de aceite en mi espalda. Fue a la tienda de mascotas especialmente para comprarme golosinas. Hubiera preferido un pollito, pero no se le puede decir que no a un caballo regalado, como siempre dice Chef. A nadie le ha dado por leer la asfixiante chapita que cuelga de mi cuello. En definitiva, en términos culinarios he tenido un día excelente.

Pero ahora mismo, lo que tengo es la boca seca. Miro por la ventanita de la puerta de mi casa. No hay nadie dentro, excepto Mien, dormida en el sofá.

«¿Dónde estabas?».

La húmeda lengua y plagada de bacterias de Lucy se desliza sobre mi cabeza. La saliva gotea por mis bigotes. Un escalofrío sacude mi cuerpo.

«Lucy, te gustan las orejas de cerdo secas, ¿verdad?».

Su cola empieza a menearse como loca.

«¡Sí! ¡Mucho! ¡Mucho! ¡Mucho, mucho! ¡Sí!».

«Hay algunas al final de la calle Schimmel, junto a los subterráneos».

«¿Qué es un subterráneo?», pregunta Lucy, sorprendida.

«Esos cubos donde la gente tira la basura».

Nunca la había visto correr tan rápido. Yo también me lanzo, zigzagueando entre los coches, en dirección al centro comunitario.

—Vaya!, ¿qué te ha pasado?

Reconozco la voz de Maloliente, pero no huele como él. Huele como las latas negras de los aerosoles de los chicos ruidosos del banco del patio. El olor es idéntico al del chico que está a su lado. Le saca una cabeza a Maloliente.

—Este es mi primo. Ha venido a visitarnos.

Lamo las piernas de Maloliente.

—¿Estás de coña? ¿Me estás presentando a un gato?

«Sí, tío. Podrías aprender buenos modales de tu primo pequeño».

—Es mi amigo.

Maloliente se arrodilla y me acaricia la cabeza. Cada vez se le da mejor. Quizá haya estado practicando con los peluches de su cama. O quizá se deba a que ha superado su miedo hacia mí.

—No seas rarito, anda.

El primo se agacha y tira de la chapa que cuelga de mi collar.

—«Míster. No alimentar». Y un número de teléfono.

—Oh… No sabía que no debía alimentarlo. Le di el estofado de ternera de mamá. Pero no se lo chives, ¿vale? No me deja llevar gatos a casa.

Ese maldito collar.

—¿Te lo llevaste a casa?

—Sí, dos veces. Pero la segunda vez mi hermana me pilló y se lo dijo a mamá.

—Entonces ¿de quién es?

—No tengo ni idea.

—No lo cuidan bien. Mira lo sucio que está. Además, tiene la cabeza torcida del todo.

Maloliente acaricia mi cabeza torcida. Palpa la mugre pegajosa y negra en mi pelaje.

—Normalmente siempre está limpio.

—Creo que se ha perdido. Lo llevaremos a tu habitación.

—Mamá se enfadará mucho. Dijo que me castigaría si traía otro animal a casa.

—No se enterará. Confía en mí. Lo arreglaré.

El primo me levanta del suelo. No me parece bien. Me está sacando de la calle sin siquiera seducirme primero. Ni siquiera me ha dejado oler su mano. Lucho y le doy patadas en el pecho flacucho con mis patas traseras.

—¡Ay! Cabrón.

—Suéltalo. No le gusta.

El primo me deja en el suelo.

Maloliente me acaricia la cabeza.

—Lo siento, gatito. No debería haberte cogido.

—¿Por qué hablas con un gato? Cógelo y ya está.

—¡No! Déjalo en paz. Nos vamos a casa. Mamá ha hecho albóndigas porque tú te vas a quedar.

Albóndigas. Suena delicioso. Me encanta su madre. Ella no me quiere, pero ya cambiará de opinión. Maloliente y su primo caminan hacia las escaleras de hormigón. Yo los sigo. Suben corriendo las escaleras. Yo subo corriendo las escaleras.

—Mira, nos está siguiendo. Quiere venir con nosotros.

—Pero si mamá lo ve… se enfadará mucho.

—Yo me ocupo de que la tía no lo vea. Entra tú. Mételo en tu habitación y cierra la puerta con llave. Yo distraeré a tu madre y a tu hermana. Nadie se dará cuenta.

—¿Y si preguntan por qué está cerrada mi puerta?

—Entonces diremos que estamos haciendo un proyecto de manualidades. Una sorpresa.

Maloliente duda.

Busco a tientas sus piernas. Pienso en su cama llena de peluches, en una servilleta llena de carne.

—No seas tan miedoso, empollón.

—Vale. —Maloliente me levanta y me mete debajo de su camiseta.

El olor a aerosol hace que me piquen los ojos. Camina rápido. Oigo que se abre la puerta. Oigo la voz de su primo. Huelo el aroma de la carne asada. Oigo una puerta que se abre, luego una que se cierra; me deslizo para salir de debajo de la camiseta. Estoy plantado en medio de la habitación de Maloliente.

Me sube a su cama.

—Quédate aquí. Luego te traeré algo rico.

Oigo que se cierra la puerta, una llave en la cerradura. Me meto en su cama. Sus mantas aún huelen a su antiguo olor. Me doy tres vueltas y me acuesto contra un dinosaurio de peluche.

Me relamo el hocico. Me había llevado a escondidas a la cama un cuenco con tres albóndigas en salsa de tomate. Estaban perfectamente condimentadas. Se pone el sol. El primo está tumbado en un colchón en el suelo. Maloliente y yo estamos en la parte alta de la litera. Es hora de que me vaya a casa. Me bajo de la cama y camino hacia la puerta. Maúllo. Rasco.

El primo me agarra.

—Chisss…, tienes que estar callado.

Intento zafarme. Pero sus brazos me aprietan con fuerza. Le doy una patada en el estómago.

—Quiere irse a casa. Tenemos que dejarlo salir.

«Así es, Maloliente. Tú sí me entiendes, chavalote».

—No. Tiene que quedarse aquí.

¡No! ¡Quiero irme, idiota! No creas que puedes darme órdenes solo porque eres más grande. Solo porque caminas sobre dos patas en lugar de cuatro. ¿Qué les pasa a ciertos humanos que se figuran que son superiores a todas las demás criaturas? Pues yo podría arañarte las manos hasta que sangraran. Podría clavarte las uñas en los ojos para que no vuelvas a ver el amanecer.

—Quiere irse.

—Y si su dueño no está ya en casa, vagará por las calles toda la noche.

—¿Tú crees?

El primo me sube a la parte alta de la litera.

Maloliente me coge y me pone en su regazo. Cruza sus delgadas piernas de una forma ingeniosa, como hacen las personas en yoga. El centro forma un hoyuelo perfecto. Me acaricia la espalda con cariño. Siento el miedo recorriendo sus venas. Bueno, puedo quedarme aquí con mi amigo un rato. Mientras me acurruco en el pequeño hueco entre sus piernas dobladas, siento que su respiración se hace más lenta. Pronto la sangre vuelve a sus venas.

—Le enviaré un mensaje a su dueña.

«No tengo dueña. Además, ¿por qué hay que darle explicaciones?». Ese primo no se entera. Es un caso perdido.

Coge el teléfono.

—¿Cuál es el número del collar?

Maloliente lee los números de mi placa.

El primo teclea en el móvil.

—¿Qué vas a ponerle en el mensaje?

—Tenemos a tu gato.

Maloliente me da un beso en la cabeza. Siento que me vibra la garganta. Es una criatura muy agradable. El teléfono del primo empieza a pitar.

—Ya están respondiendo.

—¿Qué dicen?

—«Oh, qué alivio. Estaba tan preocupada. ¿Cuál es la dirección? Voy para allá».

El primo le muestra su teléfono.

Veo una foto de Chef.

—Mira, tiene toda la pinta de ser una pija con pasta.

—No le des mi dirección. Mamá se daría cuenta de que lo he escondido en mi habitación otra vez.

El primo empieza a escribir.

—Pídele su dirección. Yo lo llevaré a su casa.

—Ni de coña.

—¿Qué vas a escribir?

—Que lo puede recuperar mañana a cambio de una recompensa.

La respiración de Maloliente se acelera.

—Eso es chantaje.

—Pues que lo hubiera cuidado mejor.

La cortina de olor decae. Puedo oler el miedo y el sudor de Maloliente a través del hedor químico. Es el olor que destilaba cuando lo conocí. El olor de la desesperanza y del miedo a lo que está por venir.

El teléfono empieza a pitar.

El sobrino mira la pantalla. Una gran sonrisa aparece en su rostro.

—¡Ja, ja, ja, ese gato nos va a hacer ricos!

—¿Qué escribe?

—Bien. Tengo dinero en efectivo. Pero quiero que me lo devuelvan ahora. —El primo comienza a saltar sobre el colchón como un loco.

—Calla, tío. Te van a oír. No puede venir a recogerlo aquí ahora mismo. Yo se lo llevo.

—No. Tiene que pagar primero. Cuando venga aquí, puedo cerrarle la puerta en las narices si no trae el dinero.

Las manos de Maloliente se humedecen a causa del miedo. Se me pegan los pelos a los dedos.

—No sé.

—Tu patinete está roto, ¿verdad? Coge el dinero de la pija esta y cómprate uno nuevo. Necesita aprender la lección. Mira a ese gato. Está asqueroso y tiene toda la cabeza torcida. A lo mejor le pega.

—¿De verdad lo crees? —Maloliente me da besos en mi cabeza torcida.

Le respondo con cabezaditas en la barbilla. Tengo un sabor extraño en la boca. Nunca he oído a nadie hablar tan mal de Chef. Se puede decir mucho de ella, pero me cuida muy bien. Nunca me pegaría y esos platos veganos no es que sean para darles un premio, pero están bastante buenos.

—¿A qué hora se va a dormir tu madre?

—Sobre las once y media. ¿Por qué?

El primo vuelve a tocar la pantalla con los dedos.

—¿Qué estás escribiendo?

—«Te enviaré la dirección a las 12:05 a. m. Entonces puedes venir a buscarlo a cambio de una recompensa. Envíame un mensaje cuando llegues. No llames al timbre. Si llamas, tiraré al gato por el balcón».

Sus ojos escupen fuego. Bigotito está detrás de ella con la cara roja. Me esfuerzo por zafarme de los brazos del primo.

—¿La recompensa?

Chef intenta arrancarme de sus brazos.

A él lo sorprende su resolución, pero no me suelta. Me aprieta fuerte los sobacos. Le muerdo la mano.

—¡Ay! —Por fin me suelta.

Chef pulsa rápidamente el timbre. El sonido resuena con fuerza por el pasillo.

—¿Qué haces, imbécil?

El primo intenta cerrar la puerta de la casa, pero Bigotito pone el pie para evitarlo.

—Queremos hablar con tus padres.

—No están aquí.

Chef vuelve a tocar el timbre. Veo aparecer la cara de pánico de Maloliente.

—Perdón por mi primo. Pero, por favor, váyanse ahora con el gato. No volverá a pasar.

—No me iré hasta que haya hablado con un adulto.

Oigo pisadas en el pasillo.

La voz de la hermana suena aguda.

—¿Qué hacéis? Es medianoche, idiotas. —Abre la puerta—. ¿Quiénes sois?

—Queremos hablar con vuestra madre.

—Está durmiendo. ¿Estáis locos o qué? Mira que llamar a la puerta de la gente en mitad de la noche…

La cabeza de la madre de Maloliente aparece por el ángulo de la puerta. Tiene los ojos empequeñecidos por el sueño.

Chef se vuelve de inmediato hacia ella.

—Buenas noches, señora. Sus hijos han secuestrado a mi gato y exigen una recompensa.

La mujer tartamudea y no sabe qué decir.

La hermana sí.

—¿De qué está hablando? Nosotros no hemos secuestrado a ningún gato. Estáis locos.

—Ah, ¿sí? Tienes mucho valor, ¿verdad? Muy bien. Entonces llevaré estos mensajes de texto a la policía mañana y os denunciaré. —Muestra la pantalla de su teléfono—. Mira lo que dice… Incluso amenazaron con denunciarme por maltrato animal. Que tirarían a Míster por el balcón si llamaba al timbre. Estoy muy preocupada. Este gato es mi familia. Es mi mejor amigo. No tenéis ni idea. —Chef me aprieta con firmeza contra su cuerpo.

El bebé en su vientre está completamente despierto.

Siento que el agua salada gotea en mi pelaje.

—Lo siento, por favor, nada de policía. Hablaré con ellos. No volverá a suceder. —En los ojos de la madre de Maloliente se libra una batalla entre el pánico y la ira—. A vuestra habitación, ahora mismo.

Los chicos se escabullen.

La hermana, que huele a flores, se planta como una leona junto a su madre.

—¿Qué clase de personas sois? Amenazar a unos niños en plena noche con ir a la policía.

Las pupilas de Bigotito se dilatan.

—Lo que deberías hacer es mantener la boquita cerrada. Tus hermanos nos han robado el gato, nos están exigiendo dinero y nos están obligando a levantarnos a estas horas. Mi novia está embarazada, no puede con este estrés.

—Entonces deberíais mantener a vuestro gato dentro de casa —dice la hermana con descaro.

—Tú no te metas. Vete a tu habitación —le espeta la madre.

—¡No dejes que estos estirados te mangoneen, mamá!

La hermana se aleja enfadada. La oigo maldecir en el pasillo.

—Lo siento. No volverá a ocurrir. Voy a hablar con ellos. Pero no llamen a la policía, ¿vale?

—Vale. Pero si vuelve a pasar…

—No volverá a pasar. —La mujer cierra rápidamente la puerta.

Chef empuja su cara contra mi pelaje.

—Apestas y estás sucio.

«Yo también te quiero».

Bajan las escaleras de hormigón.

La calle está tranquila. Huelo a que ha llovido. Los adoquines de la calle brillan a la luz de las farolas.

Bigotito me lava con un paño húmedo. Huele a jabón de lavanda. Lo odio, pero no puedo moverme. Chef me sujeta con firmeza entre sus grandes muslos.

—Lo siento, cariño. Tenemos que quitarte ese aceite sucio del pelaje. No es bueno para ti.

Me siento totalmente avergonzado, humillado hasta la médula. Me han arrebatado mi autonomía sin ningún tipo de miramiento.

Hace dos días entregaron un paquete. Chef lo desempaquetó con gran entusiasmo. Pensé que sería algo para el bebé. Pero era para mí. Pensé que nada podría empeorar después de endilgarme la medalla grabada de NO ALIMENTAR. Pero Chef ha conseguido superarse a sí misma en cuanto a sobreprotección se refiere. Un artefacto tecnológico parpadea alrededor de mi cuello. Exactamente el mismo que tiene Luisito.

—Así siempre sabré dónde estás —dijo, como si eso fuera algo bueno.

«¡Esa no es la idea! Lo suyo es que yo vaya adonde quiera ir y que vuelva a casa cuando quiera. Que tú, como persona, puedas ser feliz en todo momento, que te elija como la persona a la que quiero volver. Eso es lo romántico. La poesía. El amor es darse libertad mutua».

He intentado con todas mis fuerzas quitarme esta cosa del cuello, sin suerte. Está soldada a él.

Diviso a Luisito caminando hacia mí desde el otro lado del patio. Me escondo entre los arbustos; no tengo ganas de verlo. Cuando me lo encontré ayer empezó a maullar histéricamente diciendo que ahora pareceremos gemelos. No se parece en nada a mí. Ya quisiera.

Lo observo pasar entre las hojas. Tiene un sentido del olfato terrible para ser un gato. Yo puedo olerlo a un kilómetro de distancia. Podría saltar sobre él desde los arbustos y pegarle un buen susto. Sería muy gracioso. Pero, claro, después se me pegaría como una lapa. Gira en la esquina. Ha pasado junto al Peluquero con Sombrero. Está dando su estúpido y diminuto paseíto.

—Ja, ja, ja. Mira, ahí está.

De repente, las manos de Chef asoman entre las hojas verdes. Me sacan de mi escondite como a un bebé.

Amiga está de pie a su lado, mirando la pantalla del teléfono de Chef. En la otra mano sostiene una correa con el cachorro feliz, un cachorro que ya no es un cachorro, sino un perro enorme y feliz. Oh, Dios.

—¿No es buenísimo? Ahora siempre sabré su ubicación exacta.

—Es genial. Mira, va mucho a esta casa.

—Ahí es donde vive el señor de la silla de ruedas, ¿sabes? Es amigo suyo.

—Puedes usar esto para averiguar con quién se junta.

«Eso no es asunto tuyo. No me gusta un pelo».

El enorme perro que una vez fue un cachorro salta con entusiasmo.

Amiga tira de su correa.

—Siéntate.

Se sienta. No tiene ni una pizca de voluntad propia.

—Tengo que irme. ¿Yoga juntas mañana?

—Perfecto.

—Adiós, Míster.

Amiga me da un beso en la cabeza y luego otro en la mejilla a Chef.

—Vamos a casa, Míster.

Miro dentro a través del ventanuco de la puerta. Mien está intentando cazar una mosca en el dormitorio. Todavía no hay nadie en casa. Qué raro. Nadie ha hecho por buscarme. Nadie me ha llamado. Ya he venido a echar un vistazo dos veces. Tengo ganas de tumbarme en el suelo fresquito de casa. Hoy hace calor. Ya me he tomado un *gattuccino* y he dado varias vueltas por el barrio. La calle está tranquila. Paso por delante del bar. Está cerrado. No veo a Lucy por ningún lado. El Peluquero con Sombrero cierra la puerta de la peluquería y se sube al coche. Paso por delante del centro comunitario.

Una mujer se baja de la bicicleta y me acaricia la cabeza.

—¿Qué llevas en el cuello?

Doy la vuelta a la esquina. En lo alto de las escaleras de hormigón veo a Maloliente allí sentado. Está leyendo un libro. Subo las escaleras y me siento a sus pies.

Sonríe cuando me ve.

—Hola, gatito. Lo siento.

«¿Por qué lo sientes, amigo?».

—Mi primo a veces se pasa de frenada. Por eso tuvo que quedarse conmigo. Para que pudiera seguir mi ejemplo. Pero todo salió un poco mal. He estado castigado durante cuatro días. Me alegro de poder salir de nuevo.

«Qué pena. Los castigos deberían estar prohibidos: lo sé muy bien».

—¿Qué es eso que llevas alrededor del cuello?

«¿Puedes quitármelo, *please*? ¡Quítamelo!».

—¡Místeeer! ¡Místeeer!

Una voz pronuncia mi nombre. No es Chef. No es Bigotito. Es una voz que reconozco, pero que no puedo ubicar por el momento. Corro a casa. Las farolas parpadean. Mi estómago protesta. Veo a Amiga de pie en la puerta de nuestra casa. Me meto entre sus piernas. Enrosco mi cola alrededor de sus pantorrillas. Oigo a su feliz perro ladrar en la distancia.

Mien viene corriendo hacia mí, presa del pánico.

«Entró en casa con ese estúpido animal. Vino corriendo directamente hacia mí, ladrando, mostrando sus enormes dientes. Estaba muerta de miedo. De verdad. Muerta de miedo. Menos mal que lo encerró en el patio».

Amiga saca la bolsa de snacks del armario y llena nuestros cuencos. Le pasa algo. Tiene los hombros caídos. Está callada. Quita las sábanas de la cama y las mete en la lavadora. En silencio, cambia las sábanas. Lo hace con mucha precisión y pulcritud. Tira de las sábanas limpias con tanta fuerza que no quedan arrugas. Coge el monstruo con trompa. Nunca la había visto hacer todo esto. Aspira hasta la última mota de polvo de nuestra casa y no se nos permite salir. La gatera está cerrada. La puerta principal, cerrada con llave. Ha limpiado el arenero. Enjabona la encimera de la cocina y el baño. No se sienta hasta que todo está impecable. Luego saca a su perro del patio y se va. Sin despedirse. Sin decir adiós. Simplemente se va.

Estuvimos solos toda la noche, Mien y yo. Nadie vino a traernos comida por la mañana. Estoy sentado en el alféizar de la ventana. Un coche negro brillante se detiene frente a la puerta. Chef está sentada detrás de la ventana. Mira fijamente hacia afuera, sus ojos vidriosos y apagados al mismo tiempo. Como si le hubieran arrancado toda la felicidad del cuerpo. Bigotito abre la puerta de su coche y la ayuda a salir. Se tambalea, su piel está pálida, su cabello ondea desordenado alrededor de su rostro. Lleva puestos unos pantalones que normalmente solo usa en la cama. En sus manos lleva una pequeña caja de madera. Bigotito abre la puerta principal. Chef lo sigue. Le tiemblan las manos. Deja la caja en la encimera. Me aprieto contra sus piernas, hago todo lo posible por quitarle el dolor, pero es en vano.

Mien empieza a maullar. Tiene hambre. Bigotito llena nuestros cuencos. Me como mis croquetas a toda prisa. Pero la vigilo. Está de pie en medio de la habitación. Su cuerpo está aquí, pero sus pensamientos se encuentran en otra parte. Bigotito llena la tetera de agua y la pone en el fuego.

Chef se desploma de repente. Se cae al suelo. El dolor en su corazón sale de su garganta como un aullido. Bigotito se vuelve y se arrodilla junto a ella. La acuna en sus brazos. Allí se sientan juntos, perdidos, en el suelo. Lo que debería haber sido el comienzo de una nueva vida se ha convertido en un final sombrío. Miro la caja en el mostrador. A la luz púrpura que baila a su alrededor. Hola, niña.

Las gotas resbalan por las piernas de Bigotito. La ducha se llena de vapor. Sus hombros tiemblan. Todo su cuerpo se estremece en silencio. Grita con los ojos cerrados, pero no sale ningún sonido de su boca. No quiere que ella se despierte. Estaba rendida. No quiso comer. Eso dice mucho, porque a Chef le encanta la comida. Como a mí. Se acostó con la ropa puesta. Él le quitó los calcetines y le echó una manta por encima. Se quedó dormida y ya no se despertó. Yo me tumbé junto a su vientre vacío. Bigotito no podía dormir. Recorría la casa, inquieto. Abrió la caja. Miró dentro, la cerró rápidamente y la puso en la nevera.

Me quitó la cosa enorme del cuello y me puso mi viejo collar.

—Este cacharro enorme seguro que no es nada cómodo.

Por fin. Debería estar saltando de alegría, pero no puedo. No puedo estar feliz cuando mis personas favoritas están sufriendo tanto.

Estaba enfadado con ellos. Estaba muy enfadado con ellos por culpa de ese estúpido collar. Pero los he perdonado.

Observé cómo Bigotito vaciaba por completo el gigantesco aparador. Toda la casa se llenó de porcelana. Salté sobre la mesa y me senté entre los tarros de cristal llenos. Nueces, semillas, arroz, pasta, harina. Cosas que Chef puede transformar en los aperitivos más deliciosos, pero que ahora siguen siendo incomestibles. Me dejó quedarme en la mesa. Le parecía bien. Me besó en la cabeza. Me levantó y me apretó con fuerza contra su cuerpo. Durante mucho tiempo. Me abrazó durante mucho tiempo. Lo necesitaba. Necesitaba mi cuerpo suave. Me volvió a poner sobre la mesa, entre las ollas.

Usó un paño húmedo para limpiar cada uno de los estantes del armario. Después hizo lo mismo con las ollas. Usó una botella con atomizador para humedecer el cristal de las puertas y las limpió con un paño hasta que desaparecieron todas las huellas de grasa. Volvió a colocar la vajilla en el armario con cuidado. Movió las cosas de sitio. Seguía mirando desde la distancia y luego cambiaba algo. Cuando todo estaba perfecto se sentó a la mesa. Empujó su cara contra mi piel. Sentí sus gotas saladas filtrarse por mi cabello. Luego se levantó de golpe, caminó hacia la ducha, se quitó la ropa y dejó que el agua tibia calmara su cuerpo cansado.

Se seca el cuerpo con una toalla grande. Me mira. Le devuelvo la mirada. Le tiemblan los labios mientras se agacha frente a mí.

—¿Por qué, Míster? ¿Por qué?

«No lo sé, Bigotito. Cosas que pasan». Le doy una cabezadita en la rodilla: tal vez eso ayude. Se pone unos calzoncillos y una camiseta y se mete en la cama con ella. Me acuesto entre los dos.

Suena el timbre. Me incorporo y oigo a Bigotito abrir la puerta. Me gustaría salir, rodar por las cálidas baldosas arenosas. Beber un *gattuccino* en la terraza. Pero tengo que quedarme con Chef. Me necesita.

Veo que Amiga está entrando. Agarra a Bigotito con fuerza sin decir nada.

—¿Quieres un poco de té?

Ella asiente y camina hacia el dormitorio. Amiga viene a tumbarse en la cama con Chef, con Mien y conmigo. Le aparta el pelo de la cara a Chef. Chef se contiene, pero noto que su cuerpo tiembla.

—Hola, cariño. Hola, Míster. Hola, pequeña Mien.

Amiga me da un beso en la coronilla. Acaricia a Mien bajo la barbilla, justo como a Mien le gusta. A su alrededor, el aroma del perro feliz —al que, por suerte, se ha dejado en casa— permanece en el aire.

—¿Cómo te sientes?

Chef reflexiona.

—Me siento como una perdedora.

—No, cielo…

—Que ni siquiera ha sido capaz de hacer lo que han hecho miles de millones de mujeres.

—No, no digas eso. —Amiga mira a Chef con severidad.

—Tanto vomitar. No ser capaz de mantener la cabeza erguida sobre los hombros… ¿para qué?

—No te culpes.

—Tenía tantas ganas de estar embarazada y cuando lo estuve me sentía fatal. No debería haberme sentido fatal. —A Chef le tiemblan los labios.

Amiga le acaricia el hombro. Sus ojos se llenan de lágrimas.

—Estoy tan orgullosa de ti. Has dado a luz a una niña.

—Un bebé muerto. —Hay un momento de silencio. Amiga traga saliva—. Tiene mis pies y mi nariz.

Las amigas se miran. Sin hablar. El agua salada fluye sin cesar por sus mejillas. Mi especie no llora, pero eso no significa que no sintamos pena, o que no reconozcamos la pena en otras especies.

—Mide veintiún centímetros de largo y es completamente transparente. Tiene diez dedos en las manos y diez en los pies, y unas uñitas diminutas. Su piel es tan fina que se le ven todas las venas. Da la sensación de ser viscosa. Como esas manitas pegajosas que solíamos lanzar de pequeñas a la pared, ¿te acuerdas?

—Sí, yo tenía una verde.

—Yo tenía una roja.

Chef me acaricia el lomo. Amiga me acaricia la cabeza.

—Se llama Dolly.

—Qué bonito.

—Si hubiera nacido viva, no la habría llamado Dolly.

—¿Por qué no?

—Porque me daría miedo que la acosaran por su nombre.

—¿Por Dolly Parton?

—No, por la oveja.

—¿Qué oveja?

—La oveja Dolly. El primer clon de un mamífero adulto en el mundo.

Ninguna de las dos logra contener una sonrisa.

—Pero a un bebé muerto no se le puede acosar y creo que Dolly es un nombre precioso. Mi pequeña, loquita e inerte Dolly. ¿Quieres verla?

—¿Está aquí?

—Sí. En la nevera.

—¿Entre los tarros de miso y kimchi?

Chef se ríe suavemente.

—Sí.

—Tengo muchas ganas de verla.

Llueve. Me siento bajo la marquesina frente a la puerta del Acróbata. No está en casa. Necesitaba dar un paseo. Estirar las patas. Alejarme de la tristeza.

Amiga miró dentro de la caja. «Es tan hermosa», dijo con un temblor en los labios.

Chef no me dejó mirar en la caja. Tenía miedo de que me comiera al bebé, como me como a los pollitos. Nunca me comería a un bebé. Ni siquiera a su bebé muerto. A veces ella no me entiende. A veces yo no la entiendo a ella.

Oigo las ruedas de su scooter de movilidad. Oigo su voz, alegre y optimista. Miro a la esquina del porche y a la calle. Lo veo acercarse en su scooter de movilidad. Hay gente que camina a su lado. Se ve raro. Lleva una camisa a rayas. Tiene unas pequeñas alas que sobresalen de su espalda. Porta dos tallos con bolitas negras en la cabeza. Tiene rayas dibujadas en la cara. Cuando me ve, sonríe.

—¡Hola, Míster! ¿Vienes a comerte un huevo?

La gente que lo rodea se ríe; creo que son sus amigos.

—Oh, ¿ese es Míster? ¿Por fin vamos a conocerlo?

Es una abeja. Ahora lo veo. El Acróbata va vestido de abejorro. Un abejorro grande, redondo y dulce. Sus amigos lo ayudan a salir de su scooter.

—Sí, es él. El mundialmente famoso Míster.

Un hombre con una máscara negra y una gran capa alrededor de los hombros se inclina y me da a oler su mano.

—Encantado de conocerte, Míster. Soy Batman.

Todos se ríen. Sigo al Acróbata adentro. Saca una botella del congelador. Hay vítores. Se hacen brindis y se consumen bebidas.

—Te freiré un huevo. Estoy un poco beodo y tengo algo de abejorro; fuimos a una fiesta de disfraces, Míster.

—Cariño, ¿por qué no te acuestas un rato? Freiré un huevo para el gatito. Necesitas descansar.

El Acróbata se tumba en la cama. Batman fríe un huevo en la cocina. La yema está demasiado hecha y la clara no tiene los bordes crujientes. Pero me alegro de que el Acróbata tenga amigos encantadores. Todos me acarician, me besan, me abrazan. Estoy en la gloria.

Miro dentro a través de la pequeña ventana de la puerta. Oigo la música.

Empújame.
Mándame a la calle con desgana.
Sopla fuerte y derríbame, empújame.
No puedo romperme.

Llevan días escuchando la misma canción. A veces lloran. A veces cantan. A veces se abrazan. A veces me abrazan a mí. A veces están separados. A veces hacen las cosas que los humanos tienen que hacer.

Bigotito me ve y me abre la puerta.

Chef no se atreve a salir. Bigotito sí. Esta mañana fui al mercado con él. «Solo un rato», susurró. Compramos zumo de naranja natural y plátanos en la frutería. Pan en el puesto del pan. Nos sentamos en una mesa exterior en la Vidente. Yo me tomé un *gattuccino*; él, un capuchino.

La Vidente no hizo preguntas. Pero pudo ver que su corazón estaba hecho trizas.

Pero si ya no me protejo,
si amenazo con rendirme, aunque tú no lo veas,
¿te quedarás aquí?
No me abandones.
¿Volverás a unir las piezas cuando me rompa?

Me siento en el sofá junto a Chef. Come el pan del mercado. Está comiendo de nuevo, gracias a Dios, está comiendo de nuevo. Apoyo mi cabeza en su pierna.

El sol brilla en todo su esplendor dentro de casa. Ella se ha duchado.

—¿Estás lista? —pregunta Bigotito. Ella asiente. Está lista. Camino hacia la puerta de la calle. Salgo delante de ella, que sonríe al sentir el sol en su rostro. Aspira el aroma de la ciudad. Toma la mano de Bigotito. Caminan de la mano hacia el mercado. Nos recibe el olor a cebolla frita.

—Soy yo misma otra vez. Por primera vez me siento yo misma otra vez.

—Eso está bien, cariño.

—No me sentí yo misma durante todo el embarazo. Tenía miedo de no poder volver a sentirme yo misma nunca más. Pero he vuelto.

La aprieta contra él.

—Estoy orgulloso de ti.

—Estoy triste, por supuesto.

—Por supuesto.

—Pero soy yo misma. Mi yo triste.

VERANO

El techo negro está al rojo vivo, como una estufa a todo trapo en el día más gélido del invierno. El lado soleado está demasiado caliente para los cojines rosa que tengo al final de las patas. Estoy descansando en el lado sombreado. Las pequeñas hojas verdes del magnolio dejan pasar finos rayos de sol. Mis fosas nasales se llenan del aroma del dulce néctar.

Puedo oír el zumbido de los polinizadores. El balcón junto al del Lanzador de Huesos que huele a beicon está lleno de macetas con flores, que suponen toda una fiesta para abejorros, mariposas, abejas y moscas de las flores. La humana de ese balcón podía pasarse horas observándolos. Con la manguera del jardín, mantiene a raya a los gatos del vecindario que quieren jugar con los polinizadores. Lo he visto muchas veces. Sobre todo a la joven gata tricolor, bastante estúpida, que se mudó hace unos meses a un apartamento que da al patio interior. Esa ha vuelto empapada a su casa en más de una ocasión. No puede controlarse cuando ve a los peludos y gordos abejorros.

Puedo oler el intenso aroma del incienso. La ventana de la escuela de yoga está abierta de par en par. La música que sale de los altavoces me relaja: tonos bajos, el murmullo de un arroyo, la nota ocasional de un piano.

Me pongo boca arriba y miro al cielo. Unas cuantas nubes

blancas y esponjosas flotan en la distancia. Parecen conforta-bles. Podría quedarme dormido fácilmente sobre ellas. Quizá encuentre a la Mesías allí arriba, subida a una nube.

Oigo un gorjeo. Pío-pío-pío. Reconozco el sonido al ins-tante. Es el canto de un carbonero común. Escaneo el cielo. Allí revolotea con su pecho amarillo cruzado por una raya negra. Lleva una máscara blanca de superhéroe en su peque-ña cabeza. Aún es joven. Vuela extasiado hacia la casita para pájaros vacía en lo alto del muro; un lugar donde ningún gato puede alcanzarlo. Estudia la casita. Se muda a ella. Tiene suer-te, porque la mayoría de los jóvenes de Ámsterdam que quie-ren irse de casa están atados a sus padres durante años.

Me estiro. Ya basta de holgazanear. Me doy la vuelta y miro a través de la claraboya hacia la escuela de yoga. Allí está Chef sobre una esterilla. Debajo de su espalda, un cojín tubu-lar. Tiene los brazos abiertos, las manos en el suelo, abiertas hacia el cielo. Inhala profundamente por la nariz y exhala despacio por la boca. Veo su pecho moviéndose hacia arriba y hacia abajo con cada respiración. Tiene los ojos cerrados, pero el agua salada fluye desde el rabillo de los ojos hasta las mejillas. Ha retomado su vida, quería seguir adelante, dejar de llorar. El dolor ignorado se ha asentado como una bola ar-diente en su garganta. Lo siento brillar cuando me acuesto a su lado en la cama. Por mucho amor que le dé, no puedo quitarle su dolor.

Ahora veo cómo está dominando su dolor en esa colcho-neta. Cómo se permite en silencio dejar que las lágrimas fluyan sin cesar. Veo cómo disminuye esa angustiosa opresión en su garganta.

Bien hecho, Chef, tú puedes. Quiero acurrucarme contra ella, dar vueltas junto a su costado y sentir su calor en cada pelo de mi pelaje.

Suena el gong. Las jóvenes se mueven en su esterilla. Con

los ojos cerrados, Chef se limpia el agua salada de la cara. Con calma, saca el enorme cojín de debajo de la espalda y se acuesta de lado. Salto del tejado y me acomodo en el gran tocón. Se acuesta con la cara de frente a mí. Maúllo alto. Ella abre los ojos. Cuando me ve, las comisuras de su boca se curvan. Cierra lentamente sus brillantes ojos y los vuelve a abrir. Yo hago lo mismo. Chef habla en gatuno. Se sienta con las piernas cruzadas frente al gurú. Junta las manos por delante del pecho y se inclina en una reverencia.

—Namasté —susurra todo el grupo al unísono.

El gong suena de nuevo. Más fuerte. Salto a través del marco de la ventana y aterrizo en una esterilla. Me retuerzo entre unas mallas suaves. El aroma picante me envuelve como una neblina. Oigo a las mujeres reírse, intentan acariciarme y, aunque me encanta, por supuesto, sigo adelante a toda prisa. Tengo que ir con mi mejor amiga. Me necesita.

Chef está enrollando tranquilamente su esterilla. Solo me ve cuando me siento en el extremo y presiono mi cabeza contra su mano.

—Oye, tonto, no puedes entrar aquí sin más. —Me levanta de la esterilla, me besa en la cabeza y enrolla la esterilla con la otra mano. Una vez fuera, me deja en el suelo.

Caminamos juntos a casa.

La Vidente le sirve un capuchino y a mí un *gattuccino*. Estamos sentados en el lado sombreado de la plaza. El mercado está tranquilo.

—¿Cómo te encuentras ahora? —La Vidente mira fijamente a Chef.

Chef respira hondo.

—Bien. Todavía me duele. Pero estoy bien.

—Me alegra oírlo.

—Gracias por preguntar.

Un brillante rayo de sol me pica justo en la parte blanca de mi ojo ciego. Me estiro y miro a Mien, que se ha acurrucado contra mi trasero. Los pelos de su espalda se le erizan como mechones grasientos y pegados entre sí. Esta pobre está tan acartonada que ya no puede ni acicalarse la mitad del cuerpo. Chef a veces intenta cepillarla o lavarla con un paño húmedo, pero entonces empieza a gritar como los cerditos de la granja escuela del barrio. La ayudaré de nuevo, a esta bayeta vieja. Le lamo el pelo deslucido. Al instante empieza a ronronear fuerte. De repente se oye un golpeteo en la ventana. Casi me muero del susto. Mien ha entrado en pánico y ha salido pitando del alféizar de la ventana para meterse debajo de la cama. Me giro hacia la ventana, con semblante muy serio. Miro directamente a la cara radiante de Chef, con la nariz y las mejillas rojas, la mitad del rostro oculto por la sombra de un gran sombrero.

—¡Tengo una sorpresa! —grita.

Abre la puerta principal, coloca la cesta de mimbre medio llena sobre la mesa y me levanta. Me aprieta con fuerza contra ella. Sale corriendo.

—He descubierto algo que te hará muy feliz —dice mientras me planta decenas de besos en la cabeza.

Aunque desde luego prefiero que no me lleven por las calles como a un bebé por el bien de mi reputación, siento que debo rendirme a Chef ahora. Que se trata de algo muy importante. Pasa deprisa por los contenedores rotos, donde las sucias gaviotas sacan el hueso de un filete de una bolsa de basura abierta; pasamos por el restaurante de pasta donde las luces están apagadas y todas las sillas siguen en las mesas; pasamos por la Vidente, que sirve cafés helados a la gente en la terraza; pasamos delante de ese cabrón del puesto de carne; pasamos de largo ante un perro que acaba de engullir una salchicha; pasamos por el bar de vinos, donde solía sentarme en la terraza con Chef y Amiga en los viejos tiempos.

Entonces Chef cruza la frontera de mi territorio. Nunca he estado aquí. Tiemblo. Presta atención, no te pierdas. Gente, gente por todas partes arrastrando los pies uno tras otro para ver qué ofrecen los puestos del mercado. Huelo queso, patatas fritas, mayonesa, carne ahumada. No puedo creer lo que huele mi nariz. Aquí hay todo un mundo maravilloso por descubrir. ¿Cómo es que me he negado a ir al mercado todos estos años? Respiro hondo: el olor de toda la comida deliciosa da paso al olor de las farolas manchadas de orina. Conozco ese olor. Me estremezco.

El Pirata. Siento que un ojo me mira fijamente. Miro por encima del hombro de Chef y veo a un gato negro grande y tuerto saltando sobre un puesto lleno de retales. El fuego arde en sus ojos. Lo oigo gruñir. Aparto la cabeza del cuello de Chef. Él es la razón por la que esta parte del barrio me resulta desconocida. Han pasado años desde que lo vi por primera y última vez.

Fue en otoño. Chef y Amiga estaban sentadas bajo las lámparas de calor en la terraza del bar de vinos. El sol se hundía entre las casas. Yo llevaba mucho tiempo sentado en el regazo de Chef mientras Amiga se sinceraba sobre Pancake, con quien compartía casa y cama. Estaba aburrido, pero Chef y Amiga pidieron un nuevo vaso de zumo que olía a caca fermentada en una granja escuela. Chef hizo girar el líquido en el vaso, liberando aún más olores. Decidí zafarme de esta locura hípster e ir a ver qué olores me ofrecía la calle. Habían desmontado el mercadillo, pero sus aromas aún estaban por todas partes. Olí pescado y queso. Mi olfato me llevó fuera de mi territorio hasta una alcantarilla, donde encontré un trozo de masa con sabor a queso. Era masticable, grasienta y salada: se me pegó al paladar de un modo agradable. Estaba extasiado, hasta que de repente me encontré cara a cara con un gran gato negro.

«¿Qué estás haciendo aquí?».

«Estoy comiendo algo. No sé qué es, pero está muy bueno».

«Es mío».

«No lo sabía».

«Todo aquí es mío».

«Lo siento».

«Lárgate de aquí».

«Vale. Lo siento. Me acabo este trozo de queso y me voy».

Empezó a gruñir y, antes de que me diera cuenta, se me había echado encima. Sentí sus uñas en mi piel. Vi que me arrancaba mechones de pelo. Sentí sus dientes en mi cuello. Chillé. Gracias a Dios, Chef vino corriendo. Le mostró sus grandes dientes frontales como si fuera un gato gigante. El gato retrocedió y ella me levantó del suelo en un instante. Él saltó e intentó darme mientras ella me levantaba. Pero Chef resopló con todas sus fuerzas. Por fin se escabulló. Desde entonces me he mantenido alejado de él.

Chef corre rápido. Pasa junto a decenas de cuerpos. Ya no la huelo. Su aroma ha dado paso al de cuerpos humanos sudorosos. Chef deja de correr y me aprieta aún más contra ella.

Oigo el golpeteo de un palo. Tengo la cabeza profundamente escondida entre su larga cabellera. No puedo ver nada. Solo mi nariz puede llevarme de vuelta a casa si pierdo a Chef.

—Ya casi estamos —susurra.

Los golpes se convierten en un sonido de traqueteo. Chef comienza a caminar de nuevo. Unos pasos firmes y luego se detiene de golpe, relaja los brazos y me libera de su sujeción. Miro a mi alrededor. Estamos frente a un gran edificio de tristes piedras grises.

Chef me pone en el borde del marco de una ventana.

—Mira dentro —dice, dando golpecitos en la ventana.

Hay una figura frente a la ventana, de espaldas a mí. Chef vuelve a tocar la ventana. Una anciana se gira. Veo su rostro arrugado. Su sonrisa deja al descubierto sus dientes. Dos ojos radiantes brillan tras unas gafas redondas. ¡Es ella!

La portadora de la gran felicidad, ¡mi Mesías!

Chef me coge y camina hacia la entrada. Las puertas son aterradoras, se abren y cierran automáticamente. Una vez escuché una historia sobre un gato que perdió la cola en una de estas. Chef aprieta un timbre. Una voz suena desde una caja chirriante:

—Buenas tardes, ¿en qué puedo ayudarla?

—Hola, he venido a ver a una amiga.

Las puertas se abren. Me golpea una agradable frescura.

Chef camina hacia un mostrador.

Huelo el aroma de verduras recocidas y patatas rancias.

Una joven alza la vista sorprendida.

—Buenas tardes. Puede que resulte un poco extraño, pero este, mi gato Míster, es amigo de una señora que vive aquí.

La joven se echa atrás como si temiera que pudiera saltar sobre ella en cualquier momento.

—¿Cómo se llama la señora?

—Pues… no lo sé. A veces íbamos a visitarla cuando todavía vivía en el muelle.

—¿Y no sabe su nombre?

—Siempre estaba confusa y nunca nos lo dijo. Pero el nombre de su marido es Bruno.

—Aquí no hay nadie llamado Bruno.

—No, Bruno está muerto. Pero habla mucho de él. Ella está sentada ahí, delante de la ventana.

La joven mira por la ventana que hay a su espalda. Ve a docenas de ancianos sentados allí. Encorvados, replegados sobre sí mismos. Entre ellos, personas vestidas con trajes blancos caminan con bandejas llenas de platos humeantes.

—Es una sala cerrada.

—Nunca pudimos despedirnos. Un día simplemente se fue. Pensé que estaba muerta.

«Yo también».

—No puedo dejar entrar a la gente.

—¿Y a los animales? He oído que es bueno para los pacientes con demencia acariciar animales. Ella de verdad que lo quiere mucho.

—Lo siento. No puedo.

Siento la decepción recorrer el cuerpo de Chef. Camina hacia las puertas. Me abraza fuerte y me da un beso en la cabeza. Me hubiera gustado sentarme en el regazo de mi Mesías por un momento. Oler a su cobaya.

—Lo siento, Míster. Lo he intentado.

«No pasa nada, Chef. Lo has intentado».

Las puertas aterradoras se abren. El calor nos golpea como un recuerdo tibio.

Chef pasa junto a la ventana. La Mesías mira fijamente hacia afuera. Chef le hace señas. Pero ella no nos ve. Mira, pero no nos ve. Chef se aleja. Miro por encima de su hombro a la Mesías. Veo sus pequeños y redondos ojos brillantes. Ella levanta la mano en el aire. Agita la mano. Empieza a agitarla frenéticamente. Un chico con un traje blanco se acerca y se para junto a ella. Chef camina a grandes zancadas. Veo que la Mesías se hace cada vez más pequeña.

—¡Señora! ¡Hola! ¿Señora? —Un chico del traje blanco sale corriendo por las puertas correderas—. ¡Míster! ¡Señora y gato Míster!

Chef se detiene. Se da la vuelta.

Me aparto de su hombro para ver bien al chico jadeante.

—¿Este gato se llama Míster?

—Sí.

—Anna dice que es amiga del gato Míster.

—Anna. Así es. Se llama Anna.

—¿Te importaría entrar un momento? Creo que a Anna le encantaría acariciar a Míster.

—Yo también lo creo.

«Yo estoy bastante seguro».

Me siento en su regazo. Ahora está menos huesuda. Se nota que aquí la cuidan. Un plato de comida humeante se está enfriando, pero ella solo tiene ojos para mí.

—Te he echado de menos.

«Yo también te he echado de menos». Me dejo caer contra su frágil pecho. Puedo oír su corazón latir. Feroz y rápidamente. Sus pequeñas manos se deslizan por mi pelo. Apoyo mi cabeza contra su cara redonda. Sus pequeños ojos redondos están radiantes. El conejillo de Indias huele a champú, su piel a jabón y aceite. La han lavado y la han cubierto de aceite.

—Mi corazón se abre por completo cuando te miro.

Chef toma un sorbo del té que le dio el chico del traje blanco y dice:

—Nos alegramos de verte. Nos preocupamos cuando pasamos por tu casa y ya no estabas.

La Mesías me besa la cabeza con sus finos labios.

—Siempre perdía mi casa. Ahora estoy aquí. Ahora sí que he perdido mi casa. Pero aquí se está bien. —Me levanta de su regazo y me entrega a Chef.

Chef me aprieta contra ella.

—Necesito comer —dice la Mesías—. Aquí tienen buena comida caliente todos los días.

Se toma una cucharada y luego otra. Aún puede comer rápido.

—Aquí no tengo pollitos.

Me mira con curiosidad. Me acaricia la cabeza.

—Quiere pollitos. Lo veo en sus ojos.

«Me conoces muy bien. Quizá fuiste un gato en tu vida anterior».

—¿Le traerás pollitos? De la tienda de mascotas de la plaza Bellamy. Y dales a las garzas. También deberías conseguir pollitos para las pobres garzas. Me echarán de menos.

Chef asiente.

—¿Lo prometes?

—Sí, lo prometo.

Chef sale de esa tienda. Pone mala cara al mirar la bolsa transparente de cuerpos de pollitos. Está claro que no vienen de la nevera. Parecen suaves y divinos. Perfectos para tragar después de masticar unas cuantas veces.

—¿Podrías sujetarlos, por favor?

Bigotito coge la bolsa.

Salto sobre mis patas traseras y maúllo.

—Solo porque te quiero mucho —dice Bigotito en tono burlón.

Maúllo más fuerte.

—No puedo creer que esté haciendo esto.

Maúllo todo lo fuerte que puedo.

—Yo tampoco. Aunque tiene su gracia.

Golpeo la bolsa de pollitos con la pata. Santo cielo, me estoy volviendo loco.

—No le encuentro la gracia a una bolsa de bebés gaseados.

Bigotito saca un pollito de la bolsa y lo tira delante de mí en la calle.

Chef mira hacia otro lado.

—Que una vegana compre una bolsa de pollitos muertos porque le prometió a una mujer demente que alimentaría con pollitos a su propio gato tiene un punto tierno —dice Bigotito.

El pollito está frío, pero no me molesta. He echado mucho de menos esto.

—No te acostumbres, Míster. Esto fue algo excepcional. A partir de ahora volverás a comer croquetas veganas —dice Chef con tono severo.

Me alzo sobre mis patas traseras. Mis patas delanteras descansan en el alféizar inclinado de la ventana. Todo en la casa es blanco. Incluso han pintado la puerta que da a la calle. Ya nada huele a ella. Hay cortinas nuevas y un suelo de madera. Los nuevos residentes no están en casa. Chef y Bigotito se encuentran en el muelle. Bigotito está lanzando pollitos a los patas largas. Me mantengo a una distancia segura.

—¿Quién eres tú?

Una niña pequeña está de pie a mi lado. Me acaricia torpemente la cabeza. No me ha dejado oler sus dedos. Pero eso no me molesta. Solo es una niña.

—Papá, hay un gato en la puerta.

Su padre abre la puerta de la casa de la Mesías.

Me cuelo veloz entre sus piernas hacia la cocina. El armario mágico ha desaparecido. Todo ha desaparecido. Dos manos me levantan y me sacan fuera. Veo a Chef y a Bigotito alejarse del muelle. Corro hacia ellos. Chef me levanta. Nos vamos a casa.

El verano está llegando a su fin, pero hace un calor abrasador. No puedo dormir. El calor del día se ha prolongado hasta la noche. Bigotito y Chef están pegados a la cama. Chef tampoco puede dormir. Lleva horas dando vueltas. Me siento en el alféizar de la ventana y miro a la gente que pasea borracha por la cálida noche sin preocuparse de nada.

Oigo a Chef salir de la cama arrastrando los pies. Pone agua a hervir y viene y se sienta en el alféizar de la ventana a mi lado. Me subo a su regazo. Me doy la vuelta unas cuantas veces y me dejo caer contra su vientre. Está resplandeciente. No por el calor que viene de fuera, sino por los fuegos artificiales que hay dentro de su vientre. Escucho con el corazón, que late con amor. En el vientre de Chef no se está gestando un solo bebé, sino dos al mismo tiempo. Para los gatos esto es poco, para los humanos es mucho. El *Homo sapiens* es lento. Tarda nueve meses en dar a luz a un solo niño. Después de nueve meses nace un ser inacabado que tarda años en aprender a mantenerse con vida.

Mi madre dio a luz a cinco gatitos después de sesenta y cinco días. Yo tuve tres hermanas y un hermano. Mi hermanito era increíblemente divertido. Me peleaba con él sin parar hasta que nos quedábamos dormidos uno encima del otro. A veces lo echo de menos. A veces echo de menos a mi madre, pero mamá ya había terminado su etapa con nosotros.

Me fui de casa a las catorce semanas. Un humano de media necesita veintiún años para eso. A sus treinta y cuatro años, Chef todavía llama regularmente a su madre y a su padre cuando ya no sabe qué hacer con su vida. La oigo yo.

Ahora ella misma se convertirá en madre. Apoyo la cabeza contra su vientre. Están deseando que llegue la vida. Están impacientes. Un niño y una niña. Cierro mi ojo bueno. Si fuera humano, las comisuras de mi boca estarían curvadas hacia arriba. La felicidad fluye en nuestra casa.

Unirán las piezas de su corazón. Estos niños unirán las piezas de su corazón.

Colmarán ese último pedacito al que mi amor no pudo llegar.

Ella estará tan ocupada que no le quedará energía para preocuparse.

Será bueno.

Todo irá bien.

La ayudaré.

Los cuidaré cuando duerman y los consolaré cuando lloren.

Caminaré junto al cochecito y les enseñaré los mejores lugares del barrio.

Los protegeré de los ciempiés.

Los llevaré a la panadería a por bollos de grosella gratis, a la frutería a por plátanos.

Compartiré mi café con leche con ellos y, cuando sean lo suficientemente mayores, me meteré en la cama con ellos.

Barriguita con barriguita; a veces con él, a veces con ella.

Apoyaré mi cabeza contra sus mejillas regordetas.

Dejaré que me tiren de la cola cuando aún sean demasiado pequeños para saber que eso no se hace.

Los acompañaré a la guardería.

Los vigilaré de cerca cuando lleven sus chaquetitas verdes formando un desfile de niños con sus amigos.

Nunca los perderé de vista.

Les guardaré en secreto un pollito para cuando se cansen de la comida vegana de Chef.

Les mostraré cómo brotan las magnolias de sus vainas, cómo los bichos bola agitan sus patitas cuando les das la vuelta, les enseñaré a saltar la valla del patio.

Los esperaré en el patio del colegio y los reconciliaré si se pelean.

Los consolaré cuando se les rompa el corazón por primera vez y los amaré.

Los amaré sin fin, incluso cuando ya no esté aquí.

Palabras de agradecimiento

Le debo la vida a la muerte de un gato. Le doy las gracias a Debbie, la gata, a la que solo conozco por fotos. La atropelló un coche. Mi madre quedó tan afectada tras eso que se olvidó de tomarse la píldora. El anuncio de mi nacimiento muestra a un bebé con un gato. Doy las gracias a mi madre, que me transmitió el gen de los amantes de los gatos, que me enseñó a no tirarles de la cola y que siempre hay que acariciarlos.

Doy las gracias a Gijsje, el viejo gato gris con el que crecí y que me dejaba vestirlo con la ropa de mis muñecas. Su pelaje era suave, pero tan fino que se metía debajo de las sábanas conmigo todas las noches para no coger frío. Pasé toda mi infancia acurrucada en la cama con un gato. Gijsje tenía veintiún años cuando murió, yo trece.

Doy las gracias a Tinta, la gata atigrada que prefería tumbarse en el jardín delantero, por confiarme a sus gatitos. Le doy las gracias por dejarme llevarlos al colegio en mi cochecito de muñecas para poder mostrárselos con orgullo a mis compañeros de clase.

Doy las gracias a Mick, que vino después de Gijsje y, para mi gran pesar, tuvo que volver al refugio al cabo de un mes. Era amable conmigo, pero no con Tinta. La aterrorizaba.

Doy las gracias a Suzy, a quien puse el nombre de mi película favorita, *Suzy Q**.

Doy las gracias a mi abuela Mien por los cien euros que recibí, con los que rescaté al traumatizado gato Föhn del refugio.

Doy las gracias a Föhn, que me demostró que los mayores traumas se pueden superar con amor.

Doy las gracias a Mien, la gata a la que puse el nombre de mi abuela. Esa pequeña y torpe Mien, a la que vi superar sus miedos una y otra vez.

Doy las gracias a Melchior porque me permitió llevarme un tercer gato, Tatti, a nuestra pequeña casa de Ámsterdam.

Le doy las gracias a Tatti, el gato bigotudo, que lleva ese nombre por un pueblo de Italia donde los ancianos ponen platos de espaguetis en la calle para los gatos callejeros. Tatti, con su amor inagotable, no se ha separado de mí ni un segundo durante todo este proceso de escritura. Fue el modelo de todos los movimientos felinos que necesitaba refrescar en mi memoria.

Doy las gracias a Trees, el gatito callejero que encontré en un supermercado y que lleva un año acurrucándose en mi rostro todas las noches, haciéndome dormir mucho mejor.

Doy las gracias a mis editores Hanneke, Youri y Jennifer, con quienes comparto ese inmenso amor por los gatos y con quienes disfruté trabajando en este libro.

Doy las gracias a la amiga de Míster, Isa, por las preciosas ilustraciones.

---

* Película neerlandesa de 1999 escrita a cuatro manos por su director, Martin Koolhoven, y la autora Frouke Fokkema, que narra su propia experiencia como adolescente en los sesenta, en el seno de una familia desestructurada. La chica consigue ponerse en contacto con Mick Jagger cuando los Rolling Stones pasaron por Ámsterdam. En la película suenan varios temas del grupo musical, siendo preeminente *Susie Q*, reversionada, entre otros muchos otros músicos, por los propios Rolling Stones. *(N. de la T.).*

Pero, por supuesto, estoy especialmente agradecida a Míster, esa criatura excepcional que hizo que mi vida y las vidas de tantos vecinos fueran un poco más bonitas. Gracias por dejarme ser tu amiga. Te echo de menos.